AF176788

Uta Kropp, geboren in Wismar, lebt und arbeitet in ihrer Geburtsstadt. Sie ist verheiratet und hat eine Tochter. Die Ostsee und den Norden liebt sie sehr. Gemeinsam mit ihrem Ehemann und dem Hund der Familie unternimmt sie gerne Spaziergänge am Strand. Für die staatlich geprüfte Betriebswirtin zählen neben dem Schreiben von Romanen auch Schwimmen, Fahrrad fahren und Wandern zu ihren Hobbys. Im Jahr 2019 ist sie mit ihrem Ehemann 240 km von Porto (Portugal) nach Santiago de Compostela (Spanien) gepilgert, was sehr nachhaltige Eindrücke hinterlassen hat.

Bisher erschienen sind:

El verde Esmeralda, der grüne Smaragd (Kriminalroman)

Rache (Kriminalroman)

Yasmin – oder wie erziehe ich meine Zweibeiner (Heiteres Büchlein über ein kleines Kätzchen)

In diesem Buch ermitteln erstmals Rita Sommer und Ingo Jansen.

Uta Kropp

Verschollen, aber nicht vergessen

Ein Wismar-Krimi

Bibliografische Information der Deutschen
Nationalbibliothek

Die Deutsche Nationalbibliothek verzeichnet diese
Publikation in der Deutschen Nationalbibliografie;
detaillierte bibliografische Daten sind im Internet
über
http://dnb.d-nb.de abrufbar

Herstellung und Verlag:
BoD - Books on Demand, Norderstedt

ISBN: 978-3-7528-5834-1

Die gefährlichste aller Weltanschauungen ist die Weltanschauung der Leute, welche die Welt nicht angeschaut haben.

Alexander von Humboldt

Kapitel 1

Schon von weitem sieht Rita die Trauergäste vor der Halle stehen. Die dunkelrote Rose mit dem Trauerflor hält sie fest in der linken Hand. Mit Rechts tastet Rita in der Jackentasche nach der Trauerkarte, die sie dann leicht knisternd heraus zieht. Unentschlossen bleibt sie stehen und ihr Blick wandert abwechselnd von der Rose mit dem schwarzen Band zu dem Briefumschlag mit der Aufschrift Trauerhaus Thomsen.

Dass Paul Thomsen Selbstmord begangen hat, ist für sie nicht nachvollziehbar. Er war genau wie sie, Rita Sommer, Rechtsanwalt in Wismar. Durch ihre Arbeit haben sie sich kennengelernt. Im Gerichtssaal haben sie so manches Wortgefecht ausgefochten. Mal als Kläger, mal als Beklagte. Privat haben sie über die Jahre eine Freundschaft aufgebaut. Genau deshalb fällt es Rita so schwer, an den Selbstmord von Paul zu glauben. Sie kannte ihn besser.

Die saubere Luft tief einatmend, setzt sie sich wieder in Bewegung und geht mit schweren Schritten in Richtung der Kapelle auf die anderen Trauergäste zu. In gebührendem Abstand bleibt sie stehen und ihr Blick ist auf Magda und die Kinder gerichtet, die am Eingang warten. In knapp zehn

Minuten beginnt die Trauerfeier. Mit Magda wird sie vorher nicht mehr Reden können.

Es ist schwer für Magda, ihren Mann zu Grabe zu tragen. Die Ehe von Paul und Magda schien für Rita immer vollkommen zu sein. Mit ihren beiden Kindern, Luise und Steffen, gab es nie Probleme. Greta, die dreijährige Tochter von Luise, hat Opa Paul immer Freude bereitet. Bei dem Gedanken daran krampft sich Rita der Magen zusammen.

Magda und ihre beiden Kinder sind in der Tür zur Kapelle verschwunden. Rita klopft das Herz bis hoch zum Hals. Aber es nützt nichts. Der Schmerz sitzt tief bei ihr, einen so ausgezeichneten Kollegen und Menschen verloren zu haben.

Der Gang in die Kapelle zieht sich hin. Grund dafür ist das Kondolenzbuch, in das sich die Trauergäste eintragen. Rita trägt sich ein und fasst den Entschluss, Magda später um Einsichtnahme in das Buch zu bitten.

Ihre Augen gewöhnen sich nur langsam an das mit Kerzenschein beleuchtete Innere der Kapelle. Neben der Schmuckurne rechts steht ein Bild von Paul. Dahinter nimmt Rita ein Meer von Blumen wahr. Sie bückt sich, um die Rose vor die Urne zu legen. In diesem Moment spürt sie die Feuchtigkeit in ihren Augen. Sie richtet sich auf, schaut auf die Urne und dann auf das Bild daneben. Sie sieht in sein strahlendes Gesicht und in dem Moment wird ihr klar, du wolltest nicht sterben.

Ruckartig dreht sie sich um. In der ersten Reihe links sitzt Magda zwischen Luise und Steffen. Sie geht auf Magda zu, spricht ihr und dann Luise und Steffen Beileid aus. Rita setzt sich in die drittletzte Reihe auf der linken Seite und versucht nicht auf die Worte des Redners zu achten. Trauerreden sind für Rita furchtbar. Meistens wird darin mehr gelogen als die Wahrheit gesagt.

Ihre Gedanken kreisen um die letzten gemeinsamen Arbeiten mit Paul, nichts deutete darauf hin, dass er mit etwas unzufrieden war. Mit starrem Blick sieht sie auf das Papiertaschentuch zwischen ihren Händen und knetet es von links nach rechts.

Nach zwanzig Minuten ertönt das Lied Dream On von Nazareth. Es scheint der letzte Titel zu sein, denn alle Trauergäste erheben sich.

Der Song bringt Rita ins Grübeln. Die deutsche Übersetzung geht ihr durch den Kopf und sie fragt sich ernsthaft, ob er eine Bedeutung hat und ein Signal sein soll. Auch wird ihr in diesem Moment bewusst, dass sie dachte, viel von Paul zu wissen. Aber über seinen Geschmack in Richtung Musik weiß sie rein gar nichts.

Komisch, darüber haben wir nie gesprochen. Sie denkt an die Abende bei Magda und Paul zurück, kann sich aber nicht daran erinnern, ob überhaupt Musik im Hintergrund spielte und wann ja, dann auf keinen Fall, was.

Rita erhebt sich und ist erleichtert, dass es vorbei ist. Die Türen werden geöffnet, frische Luft strömt herein und die Sonnenstrahlen erhellen den dunklen Raum.

Im Anschluss an diese Trauerfeier findet die Seebestattung im engsten Familienkreis statt.

In ein paar Tagen, wenn sich alles etwas beruhigt hat, wird Rita das Gespräch mit Magda suchen.

Einige der Trauergäste haben schon den Heimweg angetreten, andere Stehen in Grüppchen vor der Kapelle. Rita nutzt den Moment, als Magda und die Kinder alleine da stehen. Sie geht zu Magda und umarmt sie. Magda erwidert die Umarmung und drückt Rita fest an sich.

„Wir müssen reden, ich melde mich bei dir", flüstert Rita ihr ins Ohr. Magda nickt stumm und beide Frauen sehen sich für ein paar Sekunden direkt in die Augen.

Kapitel 2

Rita geht, die Luft tief einatmend, den kleinen Hügel vom Friedhof hinunter zum Parkplatz. Ihren grauen Volvo hat sie hinten am Zaun geparkt. Sie lässt sich auf den Sitz fallen und grübelt. Woran hat Paul als Letztes gearbeitet? Sie waren zwar Berufskollegen und haben so manchmal vor Gericht gestritten, aber bei privaten Treffen wurde nie über die Arbeit oder aktuelle Verfahren gesprochen. Das war von Anfang an eine klare Vereinbarung, an die sich beide gehalten haben. Bei dem Gedanken daran muss Rita lächeln. Niemand würde ihr glauben, dass Arbeit bei privaten Treffen nie erwähnt wurde. Deshalb weiß Rita auch nicht, woran Paul aktuell gearbeitet hat.

Sie lässt den Motor an und fährt in die Stadt. Den Wagen parkt sie am Marienkirchplatz. Die fünf Minuten zum Büro in der Dankwartstraße geht sie immer zu Fuß. Wenn am Marienkirchturm kein Platz mehr frei ist, nimmt Rita ihren gemieteten Parkplatz im Parkhaus Fürstenhof. Das kann ihr Mitarbeiter, Ingo Jansen, bis heute nicht verstehen. Warum Rita lieber am Marienkirchplatz parkt, statt gleich ihren gemieteten Platz in der Tiefgarage zu nehmen. Der ist für sie reserviert und immer frei.

Sie schlägt den Kragen ihrer Jacke hoch und hält ihn zu. Der Aprilwind fegt um die Ecken der Häuser und zerzaust ihre Haare. Mit schnellen Schritten erreicht sie das Haus, in dem im Erdgeschoss ihre Büroräume untergebracht sind. Rasch schließt sie die Tür hinter sich, hängt ihre Jacke an die Garderobe und betritt das Büro.

Ingo blickt auf.

„Na, wieder am Kirchturm geparkt?"

„Natürlich", erwidert Rita, mit ihrem üblich süffisanten Lächeln. Dann wird sie gleich wieder ernst und setzt sich an den kleinen Beratungstisch. Ingo steht auf und bleibt ihr gegenüber stehen.

„Wie siehts aus, brauchst du jetzt einen Kaffee?"

„Ja. Gerne", antwortet Rita nur knapp.

Ingo dreht sich um und geht in die kleine Pantryküche. Sie hört das Wasser rauschen und kurz danach das Zischen des Wasserkochers.

Ingo kommt mit dem kleinen Tablett in der Hand zurück. Er stellt zwei Tassen mit dem dampfenden Kaffee auf den Tisch und in der Mitte platziert er einen Teller mit Keksen.

„Oh. Ein bisschen Nervennahrung", foppt Rita ihn, der sonst nicht so auf Süßes steht, wobei sie selber gerne mal ein Stückchen Kuchen verdrückt.

„Ich dachte, du könntest das heute gebrauchen", verteidigt sich Ingo mit einem Lächeln.

Ja, denkt Rita, da hat er Recht.

Beide schweigen. Ingo rührt seinen Kaffee, während Rita nur vorsichtig über die Oberfläche des heißen Getränkes pustet.

Er wird ihren Kaffee nie wieder umrühren. Das hat er einmal gemacht, als er neu im Büro war. Er meinte es nur gut. Da hat sie ihm unmissverständlich klar gemacht, dass sie es hasst, wenn jemand ihren Kaffee umrührt.

Er beobachtet sie, bei dem Ritual des vorsichtig über den Kaffee pusten, genau. Langsam schiebt er einen Stapel Bilder neben Ritas Kaffeetasse. Sie schaut ihn erstaunt an.

„Was ist das?"

„Sieh sie dir an", antwortet Ingo nur knapp. Rita greift nach den Fotos und hält schon beim ersten

Bild erstaunt inne. Noch bevor sie etwas dazu sagen kann, kontert Ingo.

„Ich weiß, ich hätte das nicht machen dürfen. Aber ganz ehrlich. Wir beide sind doch da einer Meinung, dass es bei dem Selbstmord von Paul Thomsen nicht mit rechten Dingen zugegangen ist. Außerdem", er macht eine kurze Pause und sieht Rita in die Augen. „Außerdem kenne ich dich. Du gibst doch in diesem Fall keine Ruhe, bevor du nicht weißt, was wirklich passiert ist."

Rita öffnet den Mund, um etwas zu sagen, kann aber nicht und schließt ihn wieder. Sprachlos betrachtet sie die Fotos in ihrer Hand. Eins nach dem anderen sieht sie sich genau an und legt den Stapel wieder auf den Tisch. Genau an die Stelle, wo Ingo sie ihr hingeschoben hat. Sie holt tief Luft und schaut ihn an.

„Ich kann nicht glauben, dass du heimlich zum Friedhof gegangen bist und von der Trauergesellschaft diese Fotos gemacht hast. Natürlich gebe ich dir Recht, dass ich nicht an den Freitod von Paul Thomsen glaube und versuchen werde, mehr zu erfahren. Aber das gibt dir noch lange nicht das Recht, derart in diese Privatsphäre einzugreifen."

Rita hat den Vorwurf gegenüber Ingo in ihrer gewohnt ruhigen und sachlichen Art ausgesprochen. Trotz ihrem Ärger darüber, hat sie ihre Stimmlage nicht verändert. Ingo weiß, dass er das nicht hätte machen dürfen. Trotzdem versucht er, Rita von der

Notwendigkeit seines Handelns zu überzeugen. Unbeirrt ihres Einwandes geht er weiter auf die Wichtigkeit der Fotos ein.

„Es ist immer irre interessant, wer zu Beerdigungen kommt. Oftmals trifft man da Leute wieder, die man jahrelang nicht gesehen hat."

Er wollte weiter ausholen, als Rita ihm ins Wort fällt.

„Ist ja schon gut. In diesem Fall können uns die Fotos vielleicht wirklich weiter helfen. Ich hoffe nur, dich hat niemand dabei beobachtet. Sonst brauchst du eine gute Anwältin", fügt sie schmunzelnd hinzu. Ingo grinst über das ganze Gesicht.

„Mit meiner guten Kamera musste ich nicht dicht ran gehen. Ich war so weit weg, da konnte niemand auf die Idee kommen, dass ich Bilder vom Friedhof gemacht habe." Da ist Ingo sich sicher.

Rita nimmt die Fotos wieder zur Hand und betrachtet sie intensiv. Für eines der Bilder interessiert sie sich besonders. Sie kann ihren Blick nicht davon wenden. Kopfschüttelnd reicht sie es Ingo.

„Sieh dir den Mann rechts im Bild mal genau an. Fällt dir etwas auf?"

Ingo nimmt das Bild und sein Blick ist auf den von Rita erwähnten Mann gerichtet. Er grübelt.

„Tja, wenn du mich so fragst. Meistens sind die Blicke von Trauergästen nach unten gerichtet oder starr auf einen Punkt fixiert, weil jeder so in seinen Gedanken ist oder eben in Trauer. Aber dieser hier, der hat einen sehr wachen und suchenden Blick. Ja, er wirkt, als würde er jemanden oder etwas suchen. Das sieht schon komisch aus."

„Genau", antwortet Rita. „Das ist mir eben auch aufgefallen. Als ich dort war, habe ich auf solche Dinge gar nicht geachtet. Ich war selber zu sehr in Gedanken."

Deshalb habe ich die Bilder gemacht, dachte Ingo, sagte es aber lieber nicht laut, sondern lächelte nur. Rita atmete tief ein.

„Okay. Wenn ich Magda Thomsen in ein paar Tagen besuche, erfahre ich vielleicht mehr über seinen Tod. Mal sehen, was sie über seinen Selbstmord denkt. Je nachdem werde ich entscheiden, ob ich ihr die Bilder schon zeigen kann oder lieber noch etwas damit warte. Sie kann uns bestimmt etwas zu einigen Personen sagen. Außerdem werde ich sie bitten, mir Einsicht in das Kondolenzbuch zu geben. Aber das mache ich alles von ihrem Verfassungszustand abhängig. Wir kennen uns zwar gut, aber unter diesen Umständen ist Diskretion wichtig."

Ingo nickt zustimmend und blickt auf seine Uhr.

„Na, noch eine Verabredung heute", scherzt Rita. Ingo schmunzelt.

„Nicht das, was du denkst. Ich treffe mich heute mit einem Kumpel, der hat sich eine neue Kamera gekauft und will sich einiges von mir erklären lassen."

Rita lacht.

„Dann lass uns für heute Schluss machen. Es war ein anstrengender Tag."

Kapitel 3

Das Aprilwetter wird seinem Namen heute gerecht. Der Sonnenschein von vorhin ist weg und dicke Regenwolken schütten sich über Wismar aus. Rita steht unschlüssig in der Haustür vor ihrem Büro. Ingo ist schon mit seinem großen Regenschirm bewaffnet in Richtung Marktplatz verschwunden. Rita überlegt. Die Wohnung ihrer Tochter ist nur einen Katzensprung von ihrem Büro entfernt. Vielleicht ist sie ja zu Hause. Sie spannt ihren Regenschirm auf und überquert die Dankwartstraße. Wehmütig geht sie am Stadtkonsum vorbei.

Als Rita ein kleines Mädchen war, befand sich hier Am Schilde, wo jetzt der Stadtkonsum ist, eine Zoohandlung. In den Schaufenstern konnte man immer Zwergkaninchen und andere Tiere bestaunen. Kaum ein Kind kam hier vorbei, ohne stehen zu bleiben. Da wurde die Geduld der Mütter oftmals auf eine harte Probe gestellt. Erst vor ein paar Jahren hat der alt eingesessene Inhaber aufgegeben. Er ist in seinen wohlverdienten Ruhestand gegangen und hat leider keinen Nachfolger für die Zoohandlung gefunden.

Schade denkt Rita. Der Laden war Kult und gehörte zum Stadtbild von Wismar, so wie der Alte Hafen und die Wasserkunst auf dem Marktplatz. Aber so ist das Leben, nichts währt ewig.

Inzwischen hat Rita das Haus erreicht, in dem ihre Tochter wohnt. Fast hätte ein Windstoß ihr den Schirm aus der Hand gerissen. Kurz entschlossen drückt sie auf den Klingelknopf. Nach ein paar Sekunden knistert es in der Sprechanlage und sie hört die Stimme ihrer Tochter. Der Summer ertönt und Rita drückt die Tür auf. Den nassen Schirm schüttelt sie nach draußen Richtung Gehweg ab und schließt rasch die Tür hinter sich. Die paar Stufen zum ersten Obergeschoss hat Rita schnell genommen und ihre Tochter steht schon in der offenen Wohnungstür. Ute strahlt ihre Mutter an und sie umarmen sich innig.

„Komm rein. Was hast du nur für scheußliches Wetter mitgebracht."

Sie nimmt ihrer Mutter den nassen Regenschirm ab und legt ihn in die Badewanne. Rita streift ihre Schuhe ab und folgt ihrer Tochter auf Socken in die kleine Küche.

Ute hat sich die Wohnung so praktisch wie möglich eingerichtet. In der Küche hat sie an der einzigen freien Wand einen schmalen Klapptisch untergebracht, damit sie in der Küche essen kann, ohne immer alles ins Wohnzimmer tragen zu müssen.

Nun sitzen sich Mutter und Tochter auf einem kleinen Hocker gegenüber am Tisch.

„Wie geht es dir", fragt Rita.

„Gut. Möchtest du einen Kaffee?"

Rita lehnt dankend ab. Ihr Bedarf an Kaffee ist für diesen Tag gedeckt.

„Du kannst mir bitte ein Glas Wasser geben." Ute steht auf, nimmt ein Glas aus dem Schrank und füllt es mit Wasser aus der Leitung. Sie weiß, wie gerne ihre Mutter Leitungswasser trinkt. Gekauftes Wasser gibt es in Ritas Haushalt nicht. Nur wenn Besuch kommt.

„Wie geht es dir", fragt Ute ihre Mutter. Sie weiß, dass der Tod von Paul Thomsen ihre Mutter sehr mitgenommen hat.

„Besser", antwortet Rita wahrheitsgemäß. „Heute war die Trauerfeier. Ich hasse solche Momente, aber ich bin es ihm und seiner Familie schuldig. Wir haben uns die ganzen Jahre gut verstanden. Sie sind beide grundanständige und ehrliche Menschen. Das hat man heute nicht mehr so oft."

Rita nimmt einen Schluck Wasser und schaut traurig auf das Glas.

Ute räuspert sich kurz und sagt: „Ich hätte dich heute noch angerufen. Aber da du nun hier bist, können wir gleich reden." Rita sieht ihre Tochter erstaunt an.

„Was ist passiert?"

Ute rutscht auf ihrem Stuhl hin und her. Rita lächelt.

„Bist du schwanger?"

Ute bleibt augenblicklich still sitzen und schaut ihre Mutter mit entsetztem Blick an.

„Das wäre mir wahrscheinlich im Augenblick auch lieber", entgegnet sie. „Nein. Ich bin nicht schwanger. Mein Vater hat sich bei mir gemeldet. Er möchte sich mit mir treffen."

Nun war es raus. Diese Tatsache hat ihr sehr auf der Seele gelegen und sie wusste nicht, wie sie es ihrer Mutter sagen sollte.

„Wie bitte? Sag das nochmal." Rita kann nicht glauben, was sie da eben gehört hat.

Ute ist jetzt sechundzwanzig Jahre. Vor vierzehn Jahren ist Georg, ihr Vater, so mir nichts dir nichts von heute auf morgen ausgezogen. Er hat die Scheidung eingereicht. Von dem Tag an, als er ausgezogen ist, hat er sich um nichts mehr gekümmert und auch nie Unterhalt für seine Tochter gezahlt. Rita weiß bis heute nicht, warum er gegangen ist. Bis zu dem Tag, als er seine Sachen nahm, führten sie eine harmonische Ehe. Nichts deutete darauf hin, dass es jemals zur Trennung kommen könnte. Er hat sich bis dahin auch immer rührend und liebevoll um seine Tochter gekümmert. Schlagartig war alles vorbei. Für Rita brach eine Welt zusammen. Diese schwere Zeit hat sie hinter sich gelassen. Sie musste lernen, mit allem alleine klar zu kommen. Vor allem für ihre Tochter war es damals schlimm. Sie hing sehr an ihrem Vater. Und Rita, als Mutter, war nicht einmal dazu in der Lage, ihrer Tochter die Frage nach dem WARUM zu beantworten. Weil sie es selber nicht wusste.

Und jetzt das.

Beide sitzen sich sprachlos gegenüber. In diesem Moment ist Paul Thomsen für Rita vergessen. Mit diesem kurzen Satz von Ute wurden in ihr tiefe Wunden wieder aufgerissen. Rita schluckt den Kloß in ihrem Hals herunter.

„Wie hat er sich mit dir in Verbindung gesetzt?"

Sie sieht, wie sich die Augen von Ute mit Tränen füllen und nimmt ihre Tochter fest in den Arm. Jetzt fängt Ute hemmungslos mit Schluchzen an und heult sich an der Schulter ihrer Mutter aus.

Die schwere Zeit von damals hat beiden Kraft gegeben und sie haben sich gegenseitig immer wieder aufgebaut, wenn die schlimmen Gedanken über sie hereinbrachen. Genau deshalb haben Mutter und Tochter auch eine innige Bindung.

Rita weiß, dass nicht nur in ihr alte Wunden aufgerissen wurden. Auch Ute fällt all das jetzt schwer.

Ihr Schluchzen wird weniger und sie drückt ihre Mutter ganz fest. Dann schaut sie ihr ins Gesicht.

„Danke. Jetzt fühle ich mich schon besser."

Sie trocknet sich das Gesicht und setzt sich wieder an den Tisch. Ute versucht zu lächeln. Rita unternimmt einen neuen Versuch und stellt ihr nochmals die Frage: „Wie hat er sich mit dir in Verbindung gesetzt?"

19

Diesmal bekommt sie von Ute auch eine Antwort.

„Er hat mich angerufen. Ich wusste erst gar nicht, wer da am Telefon ist. Er sagte, es wäre schön, wenn wir uns mal treffen könnten. Er würde gerne mit mir reden und möchte wissen, wie es mir geht und was ich jetzt so mache. Nachdem ich mich von dem Schreck etwas erholt hatte, habe ich gefragt, wie ich ihn erreichen kann. Schließlich muss ich erstmal über alles nachdenken. Seine Telefonnummer wollte er mir nicht geben. Er meinte nur, er meldet sich wieder und hat dann aufgelegt. Auf meinem Handy war seine Nummer unterdrückt. Das war alles. Danach saß ich völlig fassungslos hier und habe erstmal geheult."

Rita runzelt die Stirn.

„Das ist verrückt. Ohne ein Wort hat er uns damals verlassen und sich nicht einmal nach dir erkundigt, geschweige denn Unterhalt gezahlt oder sich sonst irgendwie gekümmert. Und aus dem Nichts heraus ruft er jetzt einfach so an und hinterlässt dir noch nicht einmal seine Telefonnummer."

Ute zuckt mit den Schultern.

„Was soll ich nur machen, wenn er sich wieder meldet? Schließlich ist er mein Vater. Aber was er uns damals angetan hat, kann er nie wieder gut machen. Das hat bei uns beiden schlimmes hinterlassen. Warum tut er das? Warum kann er uns jetzt nicht einfach in Ruhe lassen?"

Jetzt war es Rita, der die Tränen in den Augen standen. Die Worte ihrer Tochter haben sich wie ein

Pfeil in ihr Herz gebohrt. Ja. Rita weiß, dass es ihr Vater ist. Wenn sie sonst für fast jede Situation einen Rat weiß, aber in diesem Fall nicht. Sie würde ihrer Tochter nie verbieten, sich mit ihrem Vater zu treffen. Könnte sie auch nicht. Ute ist eine erwachsene Frau und entscheidet über ihr eigenes Leben. Aber hier ist guter Rat teuer.

„Ich weiß es auch nicht. Für den Fall das er sich wirklich nochmal bei dir meldet, frage ihn doch einfach, woher der Sinneswandel plötzlich kommt. Jetzt bist du ja schon darauf vorbereitet, dass er eventuell anrufen könnte."

„Ja. Du hast Recht. Das werde ich versuchen. Ich kann jetzt ja sowieso nur abwarten. Selbst wenn ich wollte, könnte ich ihn nicht zurückrufen, da ich keine Telefonnummer habe. Aber du kannst mir glauben. Das belastet mich sehr."

Ritas Gemütszustand verschlimmert sich zusehends. Sie muss mit ansehen, wie ihre Tochter leidet, und kann ihr nicht helfen. In ihre Fassungslosigkeit mischt sich Wut. Wut auf ihren Ex-Mann. Das ist nicht gut. Rita muss einen klaren Kopf behalten. Nur so können sie beide diese Situation in den Griff bekommen.

„Ich hoffe, du bist mir nicht böse, dass ich es dir erzählt habe. Ich weiß, dass du jetzt auch sehr leidest. Aber ich habe doch sonst niemanden, mit dem ich darüber reden kann."

Rita nimmt ihre Tochter in den Arm.

„Du kannst mit mir jederzeit über alles reden. Das weißt du. Das haben wir die ganzen Jahre so gemacht und das lassen wir uns von niemandem, hörst du, von niemandem kaputt machen."

Erleichtert lächelt sie jetzt ihre Tochter an und gibt ihr einen leichten Schubs an die Schulter.

„So. Nun ist Schluss mit Trübsal blasen. Das Leben geht weiter und auch dieses Problem werden wir lösen. Gräme dich nicht. Du bist eine tolle junge Frau und führst ein selbstsicheres und gutes Leben. Niemand kann dir was anhaben."

Ute erwidert das Lächeln ihrer Mutter und haut leicht mit der Faust auf den Tisch.

„Genau. So ist das. Nur gemeinsam sind wir stark."

Beide müssen lachen.

Dann werden sie wieder ernst. Ritas Blick fällt auf das Küchenfenster.

„Oje. Es fängt schon an mit Dämmern. Ich glaube, jetzt muss ich langsam nach Hause."

Auch Ute stellt fest, wie spät es schon geworden ist.

„Nach unserem Gespräch geht es mir schon viel besser. Ruf mich bitte noch kurz an, wenn du zu Hause bist, ja?"

„Mach ich, ist versprochen."

Rita zieht sich ihre Schuhe an, während Ute den Regenschirm aus dem Badezimmer holt.

„Hier. Vergiss den nicht."

Sie verabschieden sich und Ute schließt sofort die Tür zu.

Kapitel 4

Als Rita vor das Haus tritt weht ihr ein kräftiger Wind entgegen. Der Regen hat zum Glück aufgehört, sodass sie den Schirm zu lassen kann. Das Gespräch mit ihrer Tochter hat sie so durcheinandergebracht, dass sie im Moment weder an Paul Thomsen noch an den Weg durch die verträumten kleinen Gassen der Wismarer Altstadt denken kann.

Normalerweise genießt Rita jeden Gang durch die Innenstadt. Sie liebt ihre Heimatstadt, die auch ihr Geburtsort ist. Als sie die Straße Am Schilde verlässt, überquert sie die Dankwartstraße und geht gleich gegenüber in die Bliedenstraße. Eine Straße weiter war an der Ecke früher ihr Lieblingsbäcker. Für Rita gab es dort die besten Streuselschnecken in ganz Wismar.

Heute beachtet sie diese Ecke nicht und geht tief in Gedanken versunken die Straße entlang bis zum Beginn der Papenstraße. Die Bäume und Sträucher im Park am Fürstenhof erscheinen ihr plötzlich gespenstisch, wie sie sich so im Wind hin und her bewegen. Rita ist kein ängstlicher Typ und diesen

Weg ist sie gefühlt schon zig tausendmal gegangen. Aber heute überkommt sie ein kalter Schauer bei dem Anblick und sie geht mit schnellen Schritten am Fürstenhof vorbei Richtung Marienkirchturm. Der Parkplatz, auf dem sie ihr Auto abgestellt hat, befindet sich von hier aus auf der anderen Seite des Kirchturmes. Der kürzeste Weg führt sie schnurgerade über den Kirchplatz, vorbei an den zum Teil hohen Mauern, die den Grundriss vom Kirchenschiff andeuten, dass 1960 gesprengt wurde.

An Ritas linker Seite befindet sich jetzt der Marienkirchturm und rechts sind die Mauern des Kirchenschiffes zu sehen. Sie weiß nicht warum, aber heute wirkt dieser Platz auf sie furchteinflößend. Mit jedem Schritt nähert sie sich dem Parkplatz, auf dem jetzt nur noch wenige Fahrzeuge stehen. Ihren Herzschlag spürt sie bis zum Hals, als sie die Fahrertür öffnet und sich erleichtert in den Sitz fallen lässt. Erst das vertraute Klicken der Zentralverriegelung lässt sie wieder ruhiger Atmen. Während sie ein paar Sekunden wartet, damit sich ihr Puls wieder normalisiert, betrachtet Rita die Umgebung. Außer dem Wind, der die Büsche in Bewegung bringt, ist hier nichts zu sehen. Ihre panische Angst von vorhin erscheint ihr jetzt lächerlich.

Die Straßen in der Wismarer Innenstadt sind um diese Zeit fast leer, sodass Rita in weniger als zehn Minuten ihren Volvo unter dem Carport abstellt.

Vor knapp zehn Jahren hat sie sich dieses kleine Häuschen im Schwanenweg, mit Blick auf den Mühlenteich, gekauft. Bis dahin wohnte sie noch in der Wendorfer Wohnung, die sie damals gemeinsam mit ihrem Ex-Mann bezogen hatte. Der Kauf dieses Hauses und der Auszug aus der Wohnung in Wendorf waren für Rita das letzte Kapitel der Geschichte mit Georg. Fünf Jahre hat sie hier noch gemeinsam mit ihrer Tochter gewohnt, bevor Ute sich die kleine Wohnung Am Schilde in der Altstadt genommen hat. Es war für beide völlig in Ordnung so. Rita musste lernen, loszulassen, und Ute wollte ihr eigenes Leben führen. Die räumliche Trennung hat keinen Einfluss auf ihre enge Bindung. Die schwere Zeit während und nach der Scheidung hat beide umso mehr vereint.

Nachdem Rita das Haus betreten hat, lässt sie gewohnheitsgemäß alle Rollos runter. Dann erst ruft sie, wie versprochen, kurz bei Ute an. Sie wünschen sich eine gute Nacht und das Gespräch ist beendet. Rita kocht sich noch ein kleines Kännchen Tee und setzt sich in die Couchecke. Hunger verspürt sie keinen. Sie hat sich angewöhnt, auf ihren Körper zu hören, und isst nur dann etwas, wenn sie wirklich Hunger hat.

Die Ruhe im Haus wirkt auf sie gerade sehr beruhigend. Sie schließt die Augen, atmet den Duft des Kräutertees ein und lässt den Tag Revue passieren.

Der Gang zum Friedhof war für Rita ein schwerer Gang. Sie mochte Paul Thomsen. Er war ein sehr angenehmer Partner im Geschäft und privat ein toller Mensch. Im Laufe der Jahre ergab es sich so, dass sie auch privat einander näher kamen. Mit seiner Ehefrau Magda hat Rita eine gute Freundin gefunden. Hoffentlich bleibt das Verhältnis auch weiterhin so, nachdem Paul nicht mehr lebt. Bei dem Gedanken daran kullert Rita nun doch eine Träne über die Wange. Aber das ist nicht schlimm. Diese Freiheit nimmt sie sich. Auch an die Fotos die Ingo gemacht hat, muss sie in diesem Zusammenhang denken. Wenn Magda es zulässt, wird sie sich von ihr jeden Besucher beschreiben lassen.

Noch weiß Rita selber nicht, was sie sich davon verspricht, aber irgendwo muss sie ja anfangen.

Sie denkt an das Gespräch mit ihrer Tochter. Wie töricht von ihr, zu denken, Ute wäre schwanger. Natürlich würde sie sich sehr freuen, wenn ihre Tochter einen netten Partner hätte und ein Enkelkind da wäre. Das ist ein wirklich schöner Gedanke. Aber im Moment hat sie andere Sorgen.

Der Anruf ihres Vaters hat Ute etwas aus der Bahn geworfen und für Rita selber, ist diese Tatsache beunruhigend. Nach der Art und Weise, wie er sie damals verlassen hat, traut sie ihm nicht über den Weg. Warum meldet er sich gerade jetzt und nicht schon viel früher, als Ute noch ein kleines Mädchen war und ihren Vater brauchte? Nein. Das macht für Rita keinen Sinn. Sie glaubt nicht daran, dass er ein wahres Interesse daran hat, wie es Ute heute geht.

Rita wird müde. Der Tag war sehr anstrengend. Sie trinkt den Tee aus und geht schlafen.

Kapitel 5

Die folgenden Tage verliefen ruhig. Ute bekam keinen Anruf mehr von ihrem Vater, was Rita etwas beruhigte. Andererseits war sie fest davon überzeugt, dass er sich wieder bei seiner Tochter melden wird. Sie konnte nicht sagen warum. Es war einfach so ein Bauchgefühl.

Seit der Trauerfeier von Paul verging kein Tag, an dem sie nicht daran dachte. Jeden Morgen überlegte Rita, ob ein Anruf bei Magda schon sinnvoll ist.

Heute Vormittag brauchte Rita nicht mehr darüber grübeln, denn Magda rief bei ihr an und bat sie um ein Treffen. Rita war hocherfreut und vereinbarte gleich einen Termin für diesen Nachmittag halb drei. Die Bilder die Ingo heimlich von den Trauergästen gemacht hatte, nahm Rita vorsichtshalber mit. Ob sie darüber mit Magda schon reden würde, wollte sie von der Situation abhängig machen.

Pünktlich, kurz vor halb drei, lenkt Rita ihren grauen Volvo in die Auffahrt des Hauses von Paul und Magda Thomsen in der Goethestraße.

Seit ihre Kinder das Haus verlassen hatten, richtete sich Paul seine Büroräume im Souterraingeschoss des Hauses ein. Es ist gewiss nicht so, dass er sich nicht die Miete für Büroräume hätte leisten können. Aber das Souterraingeschoss war nach dem Auszug der Kinder leer. Seine Hobbyräume waren eingerichtet, sodass er für die leerstehenden Zimmer keine Verwendung mehr hatte. Deshalb entschloss er sich damals, natürlich in Abstimmung mit seiner Frau, die Büroräume in ihr gemeinsames Haus zu verlegen.

Rita parkt ihren Volvo hinter dem Mercedes von Magda, der im Carport steht. Als sie Ausstieg und ihre kleine Aktentasche vom Rücksitz nahm, wurde bereits die Eingangstür geöffnet. Magda erschien in der Tür. Rita wurde also schon erwartet.

Ein mulmiges Gefühl beschlich Rita jetzt trotzdem, obwohl sie sich das Treffen mit Magda so sehr herbeigesehnt hatte. Das letzte Mal, als sie diese breit ausladende Treppe hochgegangen ist, lebte Paul noch und sie haben sich zum Adventskaffee getroffen. Heute geht Rita diese Treppe hoch, um mit Magda über den Tod von Paul zu sprechen. Der Gedanke lässt sie erschauern.

Nun steht sie vor Magda und sieht in das Gesicht einer Frau, die innerhalb von Wochen gealtert zu sein scheint. Tiefe Falten haben sich über ihr Gesicht verteilt. So kennt Rita sie nicht. Der Tod von Paul muss sie sehr mitgenommen haben.

„Guten Tag, Magda. Nochmals mein aufrichtiges Beileid. Neulich auf dem Friedhof hatten wir keine Zeit füreinander."

Rita nahm Magda vorsichtig in den Arm und drückte sie freundschaftlich. Magda erwiderte die Geste und war froh, dass Rita die Einladung angenommen hat.

„Ich danke dir, Rita. Auch das du gleich Zeit gefunden hast, so schnell zu kommen. Aber komm doch bitte rein."

Rita folgte ihr ins Haus. Auf der Rückseite des Hauses befindet sich der geräumige Wintergarten. Hierhin führt Magda Rita.

Magda hat bereits den kleinen Tisch mit Kaffeegeschirr und Keksen vorbereitet. Auf dem Beistelltisch stehen die Kaffeekanne und das Sahnekännchen.

„Bitte. Nimm Platz."

Magda macht eine einladende Geste mit der Hand. Rita zieht ihre Jacke aus und blickt sich suchend um.

„Entschuldige Rita. Ich bin immer noch etwas durcheinander. Es ist einfach zu viel, um was ich mich jetzt alles kümmern muss. Gib mir die Jacke. Ich bringe sie zur Garderobe."

„Ist schon in Ordnung."

Während Magda die Jacke zur Garderobe bringt, setzt Rita sich an den kleinen Tisch.

Sofort muss sie an die Abende denken, die sie hier alle drei in gemütlicher Runde verbracht haben. Da hat es auch nie eine Rolle gespielt, dass Rita Single ist und kein Partner mit dabei war.

Es fällt Rita schwer, den Tod von Paul zu akzeptieren.

Magda kommt zurück und setzt sich zu Rita an den Tisch. Beide Frauen schauen sich an und lächeln.

„Wie geht es dir, Magda?"

„Wie soll es mir gehen. Wir haben viele glückliche Ehejahre hinter uns. Da sitzt der Schmerz schon tief. Weißt du, ab einem gewissen Alter bereitet man sich anders auf den Tod vor. Man bespricht alles Finanzielle und Dinge, die wichtig sind. Im Normalfall spricht man auch darüber, wie der Partner oder die Partnerin beerdigt werden möchte. All das war bei uns nicht geregelt. All das ist bei einem Freitod so anders. Daher habe ich jetzt viel zu klären, wo ich teilweise nicht weiß, wie ich es hinkriegen soll."

Magda machte eine kurze Pause, die Rita gleich nutzte.

„Was ist mit euren Kindern, Luise und Steffen, können die dich da nicht ein bisschen unterstützen?"

„Sie haben mir schon viel Organisatorisches abgenommen. Außerdem haben sie ja auch ihre Verpflichtungen. Luise hat Greta, die mit ihren drei Jahren auch ihre ganze Aufmerksamkeit braucht. Steffen hat zwar noch keine Familie, aber durch seinen Job ist er viel im Ausland unterwegs. Bei der Auflösung des Büros von Paul können mir die beiden auch nicht helfen. Davon wissen sie ja noch weniger als ich."

Magda nahm jetzt schweigend die Kaffeekanne und goss die dampfende, wohl riechende Flüssigkeit in die Tassen. Erst als Rita das Sahnekännchen wieder abgestellt hatte, sprach Magda weiter.

„Genau das ist der Grund, warum ich dich um dieses Treffen gebeten habe. Die Mandanten rufen hier an und wollen wissen, wie es weiter geht. Daher meine Frage und Bitte an dich. Wärst du so nett, die angefangenen Aufträge von Paul zu übernehmen? Ich weiß, du hast auch alle Hände voll zu tun. Aber ich kann die Mandanten auch nicht einfach so in der Luft hängen lassen und bei dir wüsste ich sie in guten Händen. Das hätte Paul auch gewollt."

Rita war überwältigt von Magdas Worten, der die Verzweiflung aber auch im Gesicht geschrieben stand.

„Natürlich mache ich das, Magda. Ich bin es Paul schuldig. Du kannst dich darauf verlassen, dass ich die Aufträge in seinem Sinne weiter führen und beenden werde."

Magda schien sehr erleichtert. Rita nutzte den Moment zu einer weiteren Frage.

„Paul hat doch auch eine Angestellte gehabt. Was ist mit ihr?"

„Ja. Brigitte Neumann. Brigitte war die treue Seele des Büros. Ich habe mich nie für seine

Geschäfte interessiert. Musste ich auch nicht. Für Paul war das auch in Ordnung. Brigitte hat er kurz nach der Eröffnung der Kanzlei eingestellt. Sie hat ihm jahrelang die Treue gehalten und war eine Perle. Ich musste sie unter diesen Umständen jetzt kündigen. Als sie von seinem Tod erfahren hat, brach sie völlig zusammen. Sie mochte ihn sehr und Paul konnte sich auch nie über sie beschweren. Es hat einfach wunderbar harmoniert."

Genau denkt Rita in diesem Moment. Bei Paul hat immer alles harmoniert. Sei es in der Familie oder im Beruf. Warum also, soll er sich das Leben genommen haben? Rita brennt förmlich darauf, Magda diese Frage zu stellen. Aber das darf sie nicht.

„Meine ganze Hoffnung war es, dass du die aktuellen Mandanten übernimmst. Ich wüsste sonst auch keinen, in den Paul so ein Vertrauen gesetzt hätte."

Rita fühlt sich sehr geschmeichelt. Dennoch kann sie sich jetzt ein paar Fragen nicht verkneifen.

„Magda. Du hast vorhin erwähnt, dass der Tod von Paul so plötzlich gekommen ist und ihr nicht darauf vorbereitet wart. Okay, auf so etwas ist man natürlich nie vorbereitet. Aber bist du dir wirklich sicher, dass Paul Selbstmord begangen hat?"

Fast bereute Rita ihre Frage jetzt schon, aber nun war sie gestellt. Sie betrachtete Magdas Gesichtszüge sehr genau. Für ein paar Sekunden wirkte Magdas Gesicht wie versteinert. Dann entspannten sich ihre Gesichtszüge und sie lächelte.

„Du weißt nicht, wie sehr Paul gelitten hat."

Dieser Satz traf Rita hart und sie sah Magda verunsichert an.

„Was meinst du damit?"

Rita war völlig irritiert. Warum hat Paul gelitten? Es kam ihr nie so vor, als wenn er unter etwas litt oder Depressionen hätte.

„Das kannst du nicht wissen. Wir haben nie darüber gesprochen. Auch für mich war es schwer, mit Paul darüber zu reden. Er wollte es nicht. Sein Vater Eberhardt hat sich mit 64 Jahren das Leben genommen. Er konnte es in der Öffentlichkeit gut überspielen. Aber in seiner Seele, tief im Inneren seines Körpers, hat er es nie verarbeitet."

Rita saß wie versteinert da. Gerade Paul, der für sie wie ein Fels in der Brandung wirkte. Immer die Ruhe in Person. Ständig sachlich, korrekt und nie aufbrausend oder emotional beeinflussbar. Das würde ja bedeuten, dass Paul auch ihr, Rita, immer etwas vorgespielt hat und sein Wahres - ich - immer vor ihr verborgen hat.

Rita ist innerlich verzweifelt. Einerseits hat sie sich so sehr auf das Treffen mit Magda gefreut, aber andererseits bereut sie es jetzt auch schon wieder. Nach all dem, was Magda gerade erzählt hat, kommen Rita nun doch Zweifel, was den Selbstmord von Paul betrifft. Sind es vielleicht doch nur Ritas eigene Hirngespinste, die sie glauben machen wollen, dass Paul sich nicht das Leben nehmen wollte, oder ist die Wahrheit eine ganz Andere?

In Rita ist gerade eine Welt zusammengebrochen. Als wenn Magda Ritas Gedanken lesen könnte, spricht sie weiter: „Du musst dir ganz gewiss keine Vorwürfe machen. Das war eine Sache, die Paul ganz allein mit sich und seinem Gewissen klar kriegen musste. Auch ich konnte ihm da nicht helfen. Ich habe es mehrmals versucht und wurde von ihm immer abgewiesen. Also habe ich dann nichts mehr unternommen. Es ist mir sehr schwergefallen, weil ich gesehen habe, wie er gelitten hat."

Rita starrt völlig erschüttert auf die Tasse mit dem inzwischen schon kalten Kaffee vor sich. Sie hebt den Kopf und schaut Magda genau in die Augen.

Magda steht auf und deutet Rita an, sich ebenfalls zu erheben.

„Komm. Wir gehen in Pauls Büro und ich gebe dir die Unterlagen."

Magda geht in den Flur und in Richtung der Treppe, die ins Untergeschoss führt. Rita steht unentschlossen auf. Die Wendung, die das Gespräch genommen hat, ist nicht so, wie sie es sich vorgestellt hat. Rita folgt Magda die fünf Treppenstufen hinunter ins Souterraingeschoss.

Rita bleibt in der Tür zu Pauls Büro stehen. Es ist für sie schwer, diesen Raum zu betreten. Noch vor ein paar Wochen saß sie hier und hat mit Paul über einen gemeinsamen Mandanten gesprochen. Heute ist sie hier und nimmt seine Akten mit, um die angefangenen Arbeiten für ihn zu beenden. Das wirkt so grotesk auf Rita.

Magda steht vor dem Schreibtisch von Paul und deutet mit der Hand auf einen Stapel Akten.

„Brigitte hat den Inhalt chronologisch geordnet und jeweils eine Zusammenfassung oben drauf geheftet. Das sollte dir bei der Durchsicht helfen. Es fiel mir sehr schwer, ihr die Kündigung auszusprechen. Ich kann nur hoffen, dass sie schnell wieder Arbeit findet."

Rita gibt sich einen Ruck und geht zu Magda. Sie sieht auf den Stapel Akten und weiß, es wird ein hartes Stück Arbeit. Jetzt stehen beide Frauen vor dem Schreibtisch und starren wortlos auf den Papierberg.

„Ich danke dir für dein Vertrauen, Magda."
„Wie meinst du das?"

„In Bezug auf Pauls Arbeit. Es ist für mich eine große Ehre, seine Arbeit beenden zu dürfen. Er war nicht nur ein toller Mensch, sondern auch ein überaus begabter Anwalt. Ich habe sehr gern mit ihm zusammen gearbeitet."

Rita steht jetzt etwas unschlüssig neben dem Schreibtisch. Magda nickt ihr aufmunternd zu und zeigt auf die Akten.

„Nimm sie einfach mit."
Rita klemmt sich den Stapel, so gut es geht unter den Arm. Sie sieht Tränen über Magdas Gesicht laufen. Wenn ich ihr nur helfen könnte, denkt Rita. Aber mit

dem Schmerz muss sie alleine fertig werden. Diese Last kann ihr niemand nehmen. Schweigend gehen sie die Treppe wieder hinauf und Rita geht gleich Richtung Haustür. Mehr gibt es erstmal nicht zu sagen. Sie will jetzt auch einfach nur nach Hause. Magda begleitet sie zur Tür. Rita bleibt vor der Tür stehen und sieht Magda an.

„Wenn du Hilfe brauchst, dann melde dich einfach bei mir. Ich bin immer für dich da."

Magda lächelt dankbar und nickt wortlos. Rita legt die Akten auf den Rücksitz ihres Volvos und verlässt das Grundstück.

Es ist schon spät und sie beschließt, gleich nach Hause zu fahren. An der Ausfahrt der Goethestraße muss sie schon stehen bleiben. Auf dem Klußer Damm staut sich der Feierabendverkehr wegen der Ampelschaltung auf der Schweriner Straße.

Den Tod von Paul sieht sie nach dem Gespräch mit Magda in einem etwas anderen Licht. Nie hätte sie es für möglich gehalten, dass Paul, gerade Paul, psychische Probleme hatte.

Langsam rollt sie mit ihrem Volvo in Richtung der Kreuzung. Noch ein paar Meter, dann kann sie rechts abbiegen auf die Schweriner Straße. Danach ist der Verkehr wieder flüssig und sie hat die Hochbrücke schnell erreicht. Noch ein paar Minuten, dann ist sie zu Hause.

Kapitel 6

Gedankenverloren kaut Rita auf ihrem Brot herum und lässt dabei den Stapel Akten, der auf der anderen Seite des Esstisches liegt, nicht aus den Augen. Eigentlich ist sie zu kaputt, um noch etwas zu machen, aber die Neugierde ist doch größer. Kurz entschlossen räumt sie den Tisch ab und zieht den Aktenberg zu sich heran. Nach kurzem Zögern greift sie zur oberen Mappe.

Sie überfliegt die ersten Seiten. Eherechtsstreit. Der Fall scheint ziemlich klar zu sein. In der nächsten Akte geht es um ein Verkehrsdelikt. Es folgen noch ein paar Arbeitsrechtsstreitigkeiten und wiederholt Verkehrsdelikte und Erbschaftskonflikte.

Rita ist müde und will am liebsten schon aufhören. Okay denkt sie sich. In eine schaue ich noch rein, dann gehe ich schlafen.

Erstaunt schaut Rita in die Mappe und stellt fest, dass sich darin nur lose Blätter befinden. Hier tauchen viele Randbemerkungen, Textmarkierungen und Klebezettel mit Notizen und Fragezeichen auf.

Die Randbemerkungen und handschriftlichen Notizen stammen eindeutig von Paul. Sie erkennt seine Handschrift sofort wieder. Was um Himmels willen hat so sehr sein Interesse geweckt? Ritas

Müdigkeit ist wie weggeblasen. Sie versucht, auf den ersten Seiten zu erfassen, worum es hier geht. Anscheinend um eine Auseinandersetzung zwischen einem Bauherrn, Investoren und dem Bauleiter. Es tauchen immer wieder Beträge von mehreren hunderttausend Euro auf.

Auf einer Randnotiz steht etwas von Unterschlagung, Veruntreuung von Fördermitteln und Schmiergeldern, die in sechsstelligen Beträgen geflossen sein sollen. Als sie sieht, um welches Bauvorhaben es geht, verschlägt es ihr glatt die Sprache.

Das Vorhaben hat vor ein paar Jahren einen Riesenkrach in der Bürgerschaft verursacht und war lange in der Öffentlichkeit präsent. So viele Diskussionen und Anfeindungen wie in diesem Fall, gab es in Wismar noch nie. Unter vielen Änderungen von Bebauungsplänen, die allerdings bis heute als sehr umstritten gelten, wurde dann vor zwei Jahren das Bauvorhaben doch genehmigt. Rita erinnert sich noch sehr gut daran, was in der Presse darüber veröffentlicht wurde und was für Gerüchte in Wismar im Umlauf waren. Sollte an dieser ganzen schmutzigen Affäre doch was dran sein? Aber warum hat Paul diese Dokumente gesammelt und zusammengetragen?

Rita legt die Papiere wieder ordentlich in die Akte zurück. In Gedanken sieht sie die Wohnanlage vor sich, die seinerzeit als Modellbild in der Ostsee-Zeitung veröffentlicht wurde. Eine große

Mehrgenerationen-Wohnanlage entsteht jetzt auf dem Areal hinter dem Indoorspielplatz Mumpitz im Bereich der Westtangente. Mit angeschlossen sind eine Kita sowie diverse Freizeitmöglichkeiten wie Kegel- und Bowlingbahnen. Auch ein kleiner Sportplatz soll dort entstehen. Dieses Bauvorhaben wurde von Anfang an als viel zu überzogen für Wismar gehalten. Die dort geplanten Mieten kann wohl kaum jemand bezahlen und Interessenten dafür gibt es anscheinend auch keine.

Für all das ist Rita jetzt zu müde. Sie hat einen anstrengenden Tag hinter sich.

Kapitel 7

Ingo staunt nicht schlecht, als Rita am nächsten Morgen mit dem Berg Akten unter dem Arm im Büro steht.

„Was ist das denn?"

Rita legt den Stapel ab und setzt sich.

„Magda hat mich gebeten, die noch offenen Arbeiten von Paul zu beenden. Es hat ihr sehr viel daran gelegen, dass ich es mache. Den Wunsch konnte ich ihr nicht abschlagen."

„Das kann ich gut verstehen. Es passt nur zeitlich gerade gar nicht. Wir stecken bis über beide Ohren auch in Prozessen."

Da hatte Ingo durchaus Recht, aber darauf konnte Rita in diesem Fall keine Rücksicht nehmen.

„Ich weiß, aber irgendwie müssen wir das schaffen. Übrigens ist eine äußerst interessante Sammlung von Schriftstücken dabei. Ich wollte gestern Abend zu Hause eigentlich gar nicht mehr in die Akten schauen. Aber sieh dir diese hier mal an. Du wirst dich wundern."

Sie reichte ihm die Mappe mit dem umstrittenen Bauvorhaben rüber und ging in die Pantry-Küche, um einen Kaffee zu kochen.

Als sie mit dem morgendlichen Aufputschmittel wieder am Tisch stand, pfiff Ingo anerkennend.

„Da hat der gute alte Paul Thomsen aber schon jede Menge recherchiert und wahrscheinlich alle möglichen Leute aufgeschreckt. Das ist ja so umfangreiches Material, da brauchen wir wahrscheinlich Wochen, um uns einen Überblick zu verschaffen."

Rita grinst ihn an.

„Na dann, worauf wartest du."

Ingo muss lachen und wird dann gleich wieder ernst. „Wie geht es Magda. Was denkt sie über den Selbstmord von Paul?"

Rita seufzt leise.

„Sie hält sich ganz gut. Was Paul betrifft, war ich sehr überrascht. Magda hat mir erzählt, dass sich der Vater von Paul mit 64 Jahren das Leben genommen hat. Offenbar hat Paul die ganzen Jahre deshalb sehr gelitten. Wenn das stimmt, was Magda sagt, hatte er starke psychische Probleme deshalb. So wie ich ihn kannte, kann ich mir das gar nicht vorstellen. Da gibt es ganz andere Leute, bei denen ich so etwas viel eher vermuten würde. Aber doch nicht Paul. Kann sich ein Mensch gegenüber anderen wirklich so verstellen?"

Ingo zuckte nur ratlos mit den Schultern.

„Ich weiß es nicht. Aber so, wie ich Paul kannte, geht es mir wie dir. Er wirkte nie, als wenn er Probleme hätte. Ganz im Gegenteil, er konnte mit seiner herzerfrischenden Art alle mitreißen und schien immer gut drauf zu sein."

Da konnte Rita ihm nur beipflichten. In diesem Zusammenhang vielen ihr wieder die Fotos ein, die Ingo von der Trauerfeier gemacht hat. Nach dem Kondolenzbuch hatte sie Magda nun doch erstmal lieber noch nicht gefragt.

„Wegen des Kondolenzbuches habe ich Magda dann doch nicht mehr gefragt. Es erschien mir in dem Zusammenhang nicht sehr taktvoll. Ich werde es lieber zu einem späteren Zeitpunkt machen. Aber interessieren tut es mich nach wie vor. Lass uns jetzt die Akten sichten und Termine mit den Mandanten machen. Wir werden seine Arbeiten zu Ende bringen, das sind wir ihm schuldig."

Die Mappe mit dem umstrittenen Bauvorhaben legte Rita zur Seite und die anderen teilte sie unter sich und Ingo auf. Beide vertieften sich in die Unterlagen, telefonierten zwischendurch für Terminabsprachen und kamen gut voran.

41

Als Ritas Handy klingelte und sie auf das Display sah, verfinsterte sich ihr Gesicht. Sie nahm das Handy, ging in ihr Büro und schloss die Tür hinter sich. Ingo sah ihr erstaunt nach. Während der gesamten Zeit, in der sie schon zusammen arbeiten, kam es höchst selten vor, das Rita ihre Bürotür hinter sich schloss. Das bedeutet nichts Gutes. Lange Zeit hörte Ingo nichts hinter der geschlossenen Tür. Dann hörte er Rita in ihrer gewohnt ruhigen Art sprechen. Trotzdem hatte er das Gefühl, das da etwas nicht stimmte.

Nachdem ihre Stimme verklungen war, dauerte es noch eine ganze Weile, bis sie die Tür öffnete und sich wieder an den Tisch setzte. Ihr Handy legt sie neben die leere Kaffeetasse und sitzt schweigend mit versteinerter Miene da. Ingo besitzt genug Taktgefühl, um jetzt nichts zu sagen, auch wenn er gerne wissen möchte, was Rita so plagt.

Er kennt seine Chefin als eine ausgeglichene und eigentlich immer gut gelaunte Frau. Selbst wenn es mal Stress gibt, behält sie immer den Überblick und trifft meistens die richtigen Entscheidungen. So nachdenklich und in sich gekehrt wie sie jetzt auf ihn wirkt, befremdet ihn das sehr.

Automatisch muss Ingo an sein Bewerbungsgespräch mit Rita denken. Nach seiner Ausbildungszeit zum Rechtsanwaltsgehilfen in Hamburg hat er zeitweise in Lübeck und Schwerin gearbeitet. In seinen Heimatort Dassow wollte er nicht unbedingt wieder zurück. Wismar war für ihn besser als Schwerin oder Lübeck und in Hamburg wollte er erst recht nicht bleiben. Als er eines Tages in der Wismar-Zeitung die Stellenausschreibung von Rita Sommer las, hat er sich prompt beworben. Nach knapp einer Woche hatte er schon einen Vorstellungstermin. Rita Sommer und Ingo waren sich auf Anhieb sympathisch. Nun arbeiten sie schon mehrere Jahre erfolgreich zusammen und haben ein gutes Verhältnis zueinander.

So wie sie jetzt dasitzt und traurig auf den Tisch schaut, tut ihm seine Chefin richtig leid.

Mit Blick auf ihr Handy sagt sie zu ihm: „Das war eben meine Tochter. Als ich sie vor ein paar Tagen besucht habe, da hat sie mir erzählt das ihr Vater, also mein Ex-Mann, sie per Telefon kontaktiert hat und sich gerne mit ihr treffen wollte. Nun hat er sich schon wieder per Telefon bei ihr gemeldet und Smalltalk gemacht."

Ingo sieht Rita sehr erstaunt an. Bis zum heutigen Tag hat Rita noch nie von ihrem Ex-Mann erzählt. Ingo weiß rein gar nichts darüber, daher kann er den Frust von Rita jetzt auch nicht nachvollziehen. Normalerweise ist es doch völlig in Ordnung, wenn sich die Väter um ihre Kinder kümmern. Daher fragt er nur vorsichtig: „Was ist daran so komisch für dich?"

Rita schaut ein paar Sekunden lang auf den Tisch vor sich und beschließt dann, Ingo alles zu erzählen.

Während sie sich alles von der Seele redet, hört Ingo aufmerksam zu. Er unterbricht sie nicht und stellt auch keine Fragen. All das, was er von Rita jetzt hört, ist für ihn völlig neu.

Nachdem Rita ihm alles erzählt hat und schweigend am Tisch sitzt, versucht Ingo etwas zu sagen, aber der Kloß im Hals hindert ihn daran. Er räuspert sich nur vorsichtig.

„Ja. So ist das damals gewesen", sagt Rita.

„Dann kann ich deine Reaktion natürlich verstehen. Wie geht deine Tochter damit um?"

Rita zuckt mit den Schultern. „Was soll sie machen. Es ist immerhin ihr Vater. Sie haben sich damals wunderbar verstanden, alles war harmonisch. Was er da getan hat, hat bei uns beiden Spuren hinterlassen."

Ingo und Rita sitzen jetzt schweigend am Tisch. Das Klingeln des Telefons schreckt sie auf. Ingo nimmt das Telefonat entgegen und Rita versucht sich wieder auf ihre Arbeit zu konzentrieren. Sie darf sich von den privaten Dingen nicht so ablenken lassen.

Ingo beendet das Telefonat und wendet sich an Rita.

„Das war Herr Friedrichs. Er hat endlich von seiner Rechtsschutzversicherung die Bestätigung der Kostenübernahme erhalten. Er schickt uns die Unterlagen per Mail, dann können wir in der Sache weitermachen."

„Prima. Dann reichen wir beim Gericht jetzt alles ein und die Sache ist dann in ein paar Tagen erledigt und wir haben eine Akte weniger auf dem Tisch."

Ingo spricht das Thema mit Ritas Ex-Mann nicht mehr an. Was soll er auch dazu sagen, da kann ihr niemand helfen.

Kapitel 8

Ingo ist wie immer pünktlich im Büro. Rita hat sich heute einen Tag frei genommen. Er sieht die Post durch und legt dann alles auf Ritas Schreibtisch.

In der kleinen Pantry-Küche lässt er Wasser in den Wasserkocher laufen und muss unweigerlich an Paul Thomsen denken. Sein Tod ist an Rita nicht spurlos vorbeigegangen und hat ihrer Kanzlei außerdem noch einen Berg an Mehrarbeit eingebracht. Die Arbeit ist für ihn nicht so schlimm, das schaffen sie schon. Viel mehr beschäftigt ihn die Veränderung an Rita. Er arbeitet sehr gerne hier in der Kanzlei und alles harmoniert. Ingo mag Rita als Chefin und möchte sie, so gut es geht unterstützen. Die Sache mit ihrem Ex-Mann hat ihn auch etwas erschüttert. Es ist das erste Mal, dass Rita etwas so persönliches von sich erzählt hat.

Das Klicken des Wasserkochers reißt Ingo aus seinen Gedanken. Er holt eine große Tasse aus dem Schrank, füllt einen gehäuften Löffel Kaffee ein und gießt das heiße Wasser auf. Der Duft des Kaffees löst Wohlbefinden in ihm aus und mit der Tasse bewaffnet setzt er sich an seinen Schreibtisch. Termine mit Mandanten stehen heute nicht auf dem Plan, sodass Ingo sich voll und ganz auf die Schreibtischarbeit stürzen kann. Nachdem er ein paar Mails beantwortet hat, nimmt er sich die Mappe von Paul Thomsen zur Hand, in der es um das umstrittene Bauvorhaben hinter dem Gelände vom Mumpitz geht. Es wird wahrscheinlich noch Tage dauern, bis sie das gesamte Material gesichtet haben und sich einen Überblick verschafft haben. Noch nicht mal ein Drittel der Unterlagen hat Ingo geschafft durchzuarbeiten.

Die Seiten die vor ihm liegen, lassen ihn grübeln. Es geht um Baugrundgutachten, Abstandsbaulasten und Ausgleichsflächen. In diesem Zusammenhang tauchen immer wieder die gleichen Namen auf. So zum Beispiel Claus Dümmer. Ingo grübelt und schlägt ein paar Blätter zurück. Genau, da steht es. In einer Aktennotiz wird erwähnt, dass Claus Dümmer ein Geschädigter sein soll, der wegen eventueller Lärmbelästigungen geklagt haben soll. Wie aus den Unterlagen hervorgeht, wurde seine Klage abgewiesen. Daraufhin gab es vielfältige persönliche Auseinandersetzungen zwischen Herrn Dümmer und den Verantwortlichen des Bauvorhabens. Das Grundstück von Herrn Dümmer grenzt genau an das neue Objekt.

Lustlos blättert er die Seiten durch und weiß nicht so genau, wonach sie überhaupt suchen. Egal, denkt

Ingo. Ich sehe mir das Ganze einfach mal vor Ort an, vielleicht kommt mir dann eine Idee.

Er nimmt die Jacke vom Kleiderständer, zieht sie sich über und geht hinaus. Für Mitte Mai ist das Wetter ganz gut. Ein Mix aus Sonne und Wolken, trocken und wie immer hier an der Küste weht eine leichte Brise. Ingo ist das Wetter eigentlich fast immer egal. Er liebt alles. Sturm, Wind, Regen und auch Sonne. Er kann jeder Situation etwas Gutes abgewinnen.

Da Rita heute frei hat, parkt er sein Auto auf ihrem gemieteten Stellplatz in der Tiefgarage im Parkhaus Fürstenhof. Vom Büro sind es nur ein paar Gehminuten bis zum Parkhaus. Er steigt in den Wagen, lässt den Motor an und verlässt das Parkhaus. An der Ausfahrt fährt Ingo links die Papenstraße herunter, um dann gleich wieder links in die Baustraße abzubiegen. Während sich der Verkehr stockend über die Schweriner Straße und die Bürgermeister-Haupt-Straße quält, grübelt Ingo über diese Unterlagen nach. Die Mappe ist bestimmt nicht zufällig dort gelandet. Warum hat Frau Neumann diese Papiere nicht einfach entsorgt, sondern sie bewusst Rita zugespielt?

Endlich löst sich der zähflüssige Verkehr auf und er kann zügig Richtung Dammhusen fahren. An der letzten Kreuzung am Ortsausgang von Wismar fährt er links in das Gewerbegebiet. Der Werbeslogan FEINER PINKELN von dem Sanitärausstatter prangt groß an dem Gebäude. Über diesen Namen ärgert er sich jedes Mal, wenn er ihn liest.

Er fährt die Straße bis zum Ende durch und dann steht er vor dem großen Bauzaun des umstrittenen Großprojektes. Seinen Wagen parkt er links auf der freien Fläche vor dem Bauzaun.

Mit seiner guten Nikon-Kamera bewaffnet verlässt er das Auto und schlendert zunächst am Bauzaun entlang. So wie es aussieht, sind die ersten Erschließungsarbeiten bereits abgeschlossen. Ingo ärgert sich, dass er sich nicht das Projekt nochmal vorher auf dem Rechner angesehen hat. Vor Jahren gab es in der Ostsee-Zeitung ein Animationsbild, wie das fertige Objekt aussehen soll. Das muss er sich unbedingt nachher im Büro nochmal abspeichern.

Er ist dem Bauzaun nach rechts gefolgt, jetzt wird der Weg etwas beschwerlicher, weil der Boden uneben und überwuchert von Gestrüpp ist. Der Bauzaun ist hier auch zu Ende und macht eine Neunzig-Gradkurve. Ingo geht trotzdem weiter und achtet genau darauf wo er hintritt, damit er sich nicht verletzt. Das Gestrüpp ist mittlerweile so hoch, dass man ihn kaum noch darin wahrnimmt. Als er laute Stimmen hört, bleibt er abrupt stehen. Was gesprochen wird, kann er leider nicht verstehen. Freundlich reden die nicht miteinander, denkt Ingo. Er versucht, so gut wie das bei dem ganzen Gestrüpp geht, zu sehen, wo die Stimmen herkommen. Er reckt sich und kann trotzdem nichts sehen. Mist, denkt er. Er sucht die Gegend ab und sieht dann einen großen Stein. Da stellt er sich rauf und sucht das Gelände mit seinen Augen ab. Und dann endlich kann er sie sehen.

Es sind vier Männer und eine Frau, die da zusammen stehen. Einer der Männer hat Arbeitsklamotten an und die anderen sehen für Ingo eher wie Schreibtischfuzzis aus. Die Frau hat ein Klemmbrett in der Hand und macht Notizen. Ingo nimmt seine Kamera und zoomt die Personen so nah wie möglich heran. Das sie miteinander streiten ist offensichtlich, aber worum es geht, kann Ingo unmöglich erfassen. Am liebsten wäre er noch dichter an die kleine Gruppe herangeschlichen. Dafür hätte er eine Deckung aufgeben müssen und sie hätten ihn sofort gesehen. Das Risiko konnte er nicht eingehen.

Kapitel 9

Die letzten Wochen waren für Rita sehr anstrengend. Der Tod von Paul hat ihr zugesetzt. Dann noch die Telefonate von ihrem Ex mit Ute, das war nun doch alles etwas zu viel. Diesen freien Tag heute braucht sie einfach. Ingo ist im Büro, da weiß sie auch, dass alles läuft.

Den Wecker hat sie sich heute nicht gestellt. Sie lässt sich einfach von der Sonne wecken. Vorsichtig blinzelnd schaut Rita zum Fenster und stellt fest, dass es schon hell ist. Und, blauer Himmel, vereinzelt mal eine Wolke. Also, raus aus dem Bett. Während Rita duscht, beschließt sie, heute nach Poel zu fahren. Der kleine Anleger in Kirchdorf, wo auch Wohnmobile stehen dürfen, fasziniert sie immer wieder. Da kann sie dann auch zum Mittag ihr heißgeliebtes Fischbrötchen vertilgen.

Froh gelaunt über den freien Tag heute, brüht sie sich ihren Kaffee auf und macht sich über die frisch aufgebackenen Brötchen her. Das Handy bleibt heute aus, damit sie auch wirklich den Tag komplett für sich genießen kann. Sie nimmt es trotzdem mit, nur für den Notfall.

Nach dem Frühstück packt sie sich ihr kleines Picknickkörbchen zusammen. Etwas Gebäck, eine Thermoskanne mit Tee, Obst, Wasser und natürlich eine kleine Decke.

Mit ihrem grauen Volvo ist sie schnell auf der Poeler Straße und genießt den Blick auf die Ostsee, die sich vor ihr erstreckt. Nach Groß Strömkendorf folgt die schöne Linkskurve auf der Landesstraße 121, von wo man eine wunderschöne Aussicht auf Wismar hat. Eine kleine Brücke verbindet hier die Insel Poel mit dem Festland. Diesen Moment genießt Rita immer, wenn sie dort auf die Insel fährt. Da noch früher Vormittag ist, beschließt sie noch einen Abstecher nach Gollwitz zu machen. Kurz entschlossen fährt sie in Fährdorf rechts ab in Richtung Vorwerk. Vor Jahren war hier im Schaugarten der Hochschule Wismar mal Tag der offenen Tür. Daher weiß Rita, wie schön die Anlage ist, an der sie jetzt vorbei fährt. Vor dem Inselhotel in Gollwitz befindet sich ein großer Parkplatz, den steuert Rita an. Sie stellt fest, dass der Parkautomat alles andere als kundenfreundlich ist. Nach gefühlt zwanzig Minuten hält sie freudestrahlend das Parkticket in der Hand und legt es hinter die Windschutzscheibe ihres Autos. Nun endlich schlendert sie Richtung Strand.

Auf dem kurzen Abstecher zum Strand verzichtet Rita auf das Ticket für die Strandgebühr. In ihren Augen ist das sowieso nur Abzocke.

Ihre Haare wehen leicht in der Brise vom Wind und sie atmet tief die angenehme Ostseeluft ein. Das Rauschen der Ostsee klingt in ihren Ohren wie ein Konzert der Natur. Als der Boden unter ihren Füßen immer sandiger wird, streift sie die Sandalen von ihren Füßen und lässt den Sand zwischen ihren Zehen rieseln. Er fühlt sich warm und weich an. Ganz langsam geht sie auf den Strand zu und genießt die Stille, die zu diesem Zeitpunkt hier noch herrscht. Noch sind nicht zu viele Urlauber hier. Die Saison beginnt erst später. Gleich links hinter der kleinen Düne ist ein windstiller und geschützter Platz. Hier breitet Rita ihre Decke aus und lässt sich fallen. Sie schließt die Augen und lauscht dem

Geschrei der Möwen. Das Meeresrauschen beruhigt sie und ihr ganzer Körper kommt zur Ruhe.

Mit geschlossenen Augen lässt sie ihr Leben Revue passieren. Wie verliebt sie damals waren, als sie Georg kennenlernte. Sie hätte schwören können, dass er der Mann fürs Leben ist. Als sie dann die kleine Zweizimmerwohnung in Wendorf bekamen, war die Freude groß. So gut es damals ging, haben sie es sich gemütlich eingerichtet. Über jedes Stück was sie sich kaufen konnten, waren sie froh und glücklich. Es war alles so schön. Als dann Ute zur Welt kam, schien ihr Glück vollkommen. Georg hat sich rührend um seine Tochter gekümmert. Zu diesem Zeitpunkt konnte sich Rita keinen besseren Vater vorstellen. Bis zu dem Tag, an dem er plötzlich verschwand und sich nie wieder gemeldet hat.

Rita merkte, wie ihr Tränen an der Wange herunterliefen. Aber das störte sie jetzt nicht. Hier durfte sie ihren Gefühlen freien Lauf lassen.

Sie schlug die Augen auf, wischte sich die Tränen aus dem Gesicht und beobachtete die Möwen. Ihr Blick war auf die Insel Langenwerder gerichtet, die gegenüber vom Gollwitzer Stand ist. Soweit wie Rita wusste, sollte es möglich sein, vom Gollwitzer Strand auf die Insel Langenwerder zu Fuß durch die Ostsee zu gehen. Bis jetzt hatte sie es noch nie gemacht.

Kurz entschlossen packte sie ihre Decke zusammen. Die Sandalen legte sie auf den Picknickkorb, den sie sich so gut es ging, über die

Schulter hievte. Ihre dreiviertellange Hose krempelte Rita so weit wie möglich hoch über die Knie und stand schon am Ufer. Soll ich es wirklich wagen? Rita starrte unschlüssig auf die ruhige Ostsee vor sich. Noch ist das Wasser der Ostsee kalt. Nach der Sommersaison ist es sicherlich wärmer. Egal, ich gehe einfach.

Vorsichtig setzt Rita einen Fuß ins Wasser. Puh, ist das kalt. Rita schüttelt mit dem Kopf und möchte schon fast aufgeben. Nein, denkt sie sich, ich gehe jetzt einfach los. Das kalte Wasser ignorierend setzt Rita einen Schritt nach dem anderen in den wabbeligen Ostseegrund. Sie sackt mit den Füßen sehr tief in den Schlick und findet das furchtbar. Nach und nach gewöhnt sie sich an die Temperatur und ihre Füße fühlen sich auch nicht mehr kalt an. Einzig unangenehm ist der weiche Untergrund, in den sie mit jedem Schritt wieder einsinkt und ihr das Gehen dadurch schwerfällt. So kämpft sie sich Meter für Meter durch das mittlerweile kniehohe Wasser und die Insel Langenwerder kommt immer dichter. Der Saum ihrer Hose ist schon etwas feucht, aber das stört Rita nicht. Noch ein paar Meter, dann hat sie tatsächlich Langenwerder erreicht. Was ihr sofort auffällt, sind die vielen Vögel. So gut kennt sie sich damit zwar nicht aus, aber den Austernfischer mit seinem roten Schnabel erkennt Rita. Es ist ein richtig kleines Paradies hier.

Rita schaut sich kurz um und geht dann wieder zurück zum Gollwitzer Strand durch die Ostsee.

Überglücklich für dieses kleine Erlebnis steht sie nun mit ihren nassen Füßen wieder am Strand. Auf dem Weg zum Auto ist ihr Hosensaum wieder getrocknet. Nun fährt sie zielgerichtet zu dem kleinen Anleger nach Kirchdorf. Sie holt sich im Imbiss wie immer ein Brötchen mit Bratfisch und lässt es sich mit Blick auf die Boote schmecken. Dazu eine Weißweinschorle, das Geschrei der Möwen und ein blauer Himmel.

Ihr Blick ist beim Essen auf das in der Sonne glitzernde Wasser der Ostsee gerichtet. So könnte sie stundenlang hier sitzen und auf das Wasser starren. Es ist einfach wunderschön.

Kapitel 10

Ingo verlässt den Stein und geht zurück zum Auto. Wieder im Büro, überspielt er als Erstes die Fotos von der Kamera auf den Rechner. Mit einem großen Pott Kaffee in der Hand betrachtet er aufmerksam die Bilder. Einer der Männer kommt ihm bekannt vor. Ingo grübelt, woher er ihn kennen könnte. Ungeduldig trommelt er mit den Fingern auf die Tischplatte, aber es fällt ihm nichts ein. Mein Gott, denkt Ingo. Das gibt es doch gar nicht, woher kenne ich den Typen. Er nippt am Kaffee und lässt dabei das Foto auf dem Bildschirm nicht aus den Augen.

Plötzlich kommt ihm ein Gedanke. Er greift nach dem Stapel Fotos von der Trauerfeier die auf Ritas Schreibtisch liegen und schaut sich jedes Foto genau an. Tatsächlich, da ist er. Das ist der Typ, der während der Trauerfeier so suchend um sich geschaut hat. Ingo hält das Foto neben den Bildschirm, um sicherzugehen, dass er sich nicht irrt. Er ist es, da besteht kein Zweifel. Er stößt einen leisen Pfiff aus und lehnt sich im Stuhl zurück. Nun muss ich nur noch herausfinden, wer du bist.

Die Methoden, mit denen Ingo sich Informationen aus dem Internet beschafft, sind nicht immer ganz legal. Rita weiß das, versucht es aber zu ignorieren. Nicht selten sind diese Informationen von Bedeutung gewesen und haben ihnen weitergeholfen.

Er loggt sich auf einem Server ein und lädt das Foto von dem Typen hoch. Nach ein paar Sekunden ploppen die ersten Texte auf. Ingo liest interessiert.

Eine neunzigprozentige Übereinstimmung gibt es bei dem Namen Knut Peters. Ingo schmunzelt. Scheint ja ein übler Bursche zu sein. Offiziell beschäftigt er sich mit Immobilien. Sein Name taucht aber auch immer wieder im Zusammenhang mit Geldwäsche, Prostitution und Erpressung auf. Ingo runzelt die Stirn. Wenn das stimmt, was da steht, dann ist er auch bei der Prostitution Minderjähriger kein unbeschriebenes Blatt.

Bei dem Gedanken daran kommt Wut in Ingo auf. Er hasst solche Typen. Jede Form von Gewalt ist ihm zuwider.

Er druckt das Foto von der Baustelle und einige Texte dazu aus und legt sie sich auf den Schreibtisch.

Jetzt stellt sich nur die Frage, was hat das alles mit Paul Thomsen zu tun. Und kann es hier einen Zusammenhang mit seinem Tod geben?

Ingo blickt auf die Uhr. Es ist kurz vor zwölf. Zeit zum Essen. Er verlässt das Büro und schlendert zum Marktplatz. Der Stand mit der Thüringer Bratwurst hat es ihm angetan.

„Na junger Mann, wovon träumen wir gerade?" Die Stimme der netten Frau hinter dem Stand reißt Ingo aus seinen Gedanken. Auf solche Formulierungen steht er ja. Was träumen WIR gerade. Am liebsten hätte er ihr eine passende Antwort gegeben, aber da er ja öfter hier eine Bratwurst kauft und sie sich vom Sehen mittlerweile schon kennen, verkneift er sich eine blöde Antwort.

Aus Mangel an Sitzmöglichkeiten auf dem Marktplatz geht Ingo, mit seiner Bratwurst in der Hand, Richtung Stadthaus. Hier setzt er sich auf eine der gusseisernen Kanonen und genießt die Wurst. Beim Essen muss er aufpassen, dass ihm nicht der Senf auf die Hose tropft. Die schmutzige Serviette knüllt er zusammen und wirft sie in den Papierkorb. Bevor er zum Büro zurückgeht, holt er in der

Sparkasse noch Geld vom Automaten. Im Büro vertieft er sich wieder in die Unterlagen.

Kapitel 11

Ingo ist heute Morgen schon vor Rita im Büro und kann ihr Eintreffen kaum erwarten. Die Unterlagen liegen fein säuberlich auf seinem Schreibtisch, die Textausschnitte über Knut Peters und die Bilder ebenfalls.

Endlich geht die Tür auf und Rita kommt mit einem strahlenden Lächeln und einem Blumenstrauß in der Hand ins Büro. Sie steht vor Ingo.

„Guten Morgen. Ich habe uns ein paar Blumen aus meinem kleinen Garten mitgebracht."

Ingo erwidert ihre Begrüßung mit einem breiten Grinsen. Das kennt Rita schon von ihm und fragt prompt: „Na, so wie du aussiehst, hast du doch irgendeine Entdeckung auf Lager."

„Und ob. Aber stell erstmal die Blumen in die Vase und hole dir einen Kaffee. Hast du dich gestern gut erholt?"

„Ja. Der freie Tag hat mir sehr gutgetan. Ich hoffe, du hattest im Büro nicht zu viel Stress."

„Nein. Es war tatsächlich den ganzen Tag über sehr ruhig und so konnte ich mich voll und ganz unseren Lieblingsunterlagen widmen."

Er beobachtete, wie sorgfältig Rita die Blumen in der Vase zurechtrückte und sie dann auf den Tisch stellte. Nachdem sie sich den Kaffee aufgebrüht hatte und sich an ihren Schreibtisch setzte, konnte Ingo endlich loslegen.

Er erzählte ihr von seinem Besuch auf der Baustelle, der verbalen Auseinandersetzung der Personen vor Ort und schob ihr beide Bilder von Knut Peters über den Tisch.

„Das es auf so einer Baustelle auch mal laut wird und Stress gibt, würde ich jetzt nicht überbewerten wollen", entgegnet sie Ingo. Rita betrachtet die Fotos und hört Ingos Ausführungen über Knut Peters gespannt zu.

„Wie du an diese Infos gekommen bist, möchte ich lieber nicht wissen, richtig?"

„Richtig. Aber du musst zugeben, dass sie wertvoll sind."

„Jaaa, da gebe ich dir Recht. Aber so, wie du klingst, hast du doch noch mehr auf Lager."

Ingo wedelt mit den Unterlagen und reicht sie Rita.

„Das, was der gute Paul da gesammelt hat, sind äußerst brisante Informationen. Zum Teil frage ich mich auch, wie er an einiges rangekommen ist. Aber das kann uns eigentlich egal sein. Viel interessanter ist doch aber die Frage, warum hat Frau Neumann diesen ganzen Kram nicht in den Reißwolf getan. Es muss da etwas geben, warum du diese Unterlagen unbedingt bekommen solltest. Das bereitet mir im

Moment viel mehr Kopfzerbrechen."

Rita schaut Ingo fragend an.

„Vielleicht solltest du Magda nochmal besuchen. Und was die Angestellte von Paul betrifft, kann sie dir bestimmt sagen, was das zu bedeuten hat. Schließlich hat sie alles für uns vorbereitet und sortiert."

Rita nickt.

„Stimmt. Brigitte Neumann hat über Jahre bei Paul gearbeitet und war seine rechte Hand. Magda wird wahrscheinlich nichts darüber wissen. Aber bei Brigitte könnten wir Glück haben. Ich lasse mir dann von Magda auch gleich das Kondolenzbuch zeigen. Dann mache ich ein Foto davon und du kannst dich um die Namen kümmern. Aber bitte vorsichtig."

Ingo nickt schmunzelnd.

Kapitel 12

Rita verlässt das Büro und geht Richtung Marienkirchplatz, wo sie ihren grauen Volvo geparkt hat. An der Ecke zur Papenstraße verlangsamt sie ihre Schritte und blickt nach links Richtung Fürstenhof. Die Grünanlagen vor dem ehrwürdigen Gebäude ziehen sie im Moment magisch an. Sie gibt der Versuchung nach, sucht in dem Park nach einer Bank und setzt sich. In Gedanken ist sie diesmal nicht bei Paul, sondern fragt sich unentwegt, warum Brigitte Neumann ihr diese Unterlagen zugespielt hat. Es muss dafür einen guten Grund geben. Das kann kein Zufall sein. Ihr Blick gleitet an der Fassade des Gerichtsgebäudes hoch und sofort sieht sie sich in Gedanken mit Paul auf einem der langen Flure stehen und erzählen. Schnell schüttelt sie diesen Gedanken wieder ab und verlässt die Bank.

Diesmal fährt Rita ohne Voranmeldung zu Magda. Als sie in die Auffahrt einbiegt, sieht sie den Wagen von Magda im Carport stehen. Also wird sie wohl zu Hause sein. Rita parkt ihren Volvo in der Einfahrt und steigt rasch aus. Die Bilder des Mannes, der wahrscheinlich Knut Peters ist, hat Rita diesmal bei sich. Sie klingelt an der Haustür und hört das angenehme Dingdong durch das Haus schallen. Nach kurzer Zeit wird die Tür geöffnet und Magda blinzelt durch den Türspalt.

„Hallo Magda, entschuldige, dass ich dich so überfalle, aber ich muss unbedingt nochmal mit dir reden."

Magda ist etwas irritiert und lässt Rita nur zögernd eintreten.

„Komm rein. Geh bitte schonmal hinter in den Wintergarten, ich bin gleich bei dir."

Rita geht in den Wintergarten und setzt sich an den kleinen Tisch. Sofort flammen wieder Erinnerungen in ihr auf, die Schmerzen. Aber diesmal muss sich Magda ihren Fragen stellen. Rita will wissen, was los ist.

Nach einem kurzen Augenblick erscheint Magda in der Tür und setzt sich zu Rita. Sie wirkt erschöpft und Rita hat den Eindruck, dass Magda seit ihrem letzten Besuch noch mehr gealtert ist.

Ohne Umschweife erklärt Rita den Grund ihres Besuches. Dabei holt sie die Fotos aus der Tasche und bittet Magda, sich diese anzusehen.

„Kennst du den Mann auf dem Foto?"

Magda sackt ein wenig im Sessel zusammen.

„Lass Paul in Frieden ruhen. Egal, was gewesen ist, er wird davon auch nicht wieder lebendig."

„Du hast meine Frage nicht beantwortet. Kennst du den Mann auf dem Foto?"

Es tat Rita auch weh, Magda so zu drängen. Aber sie will endlich wissen, was das alles zu bedeuten hat und wie der Tod von Paul damit im Zusammenhang steht. Magda holt tief Luft.

„Kennen ist übertrieben. Er ist zweimal hier im Büro bei Paul gewesen. Worüber sie gesprochen haben weiß ich nicht. Aber Paul war nach jedem Besuch von ihm sehr verändert und in sich gekehrt. Das kannte ich nicht von ihm. Mehr kann ich dir dazu wirklich nicht sagen. Ich weiß noch nicht einmal, wie er heißt. Er hat sich nie vorgestellt."

„Was ist mit Brigitte Neumann. Sie muss ihn doch auch gesehen haben. Kann sie mir vielleicht mehr dazu sagen?"

„Brigitte kann ihn nur einmal gesehen haben. Beim zweiten Mal kam er spät abends außerhalb der Geschäftszeiten. An dem Abend wurde es laut im

Büro. Sie müssen gestritten haben. Aber Paul hat mir gegenüber nichts von dem Gespräch erwähnt."

Während Magda sprach, sah sie Rita nicht einmal an. Ihr Blick war stur auf den Boden vor ihren Füßen gerichtet. Rita glaubte Magda kein Wort. Was verschweigt sie mir, fragte Rita sich. Sie nahm nun ihren ganzen Mut zusammen und fragte Magda nach dem Kondolenzbuch und ob sie ihr die Telefonnummer von Brigitte Neumann geben kann, weil noch Fragen zu einigen Akten sind. Magda erhob sich, verließ den Wintergarten und erschien kurz danach wieder mit dem Kondolenzbuch. Genauso wortlos, wie sie es geholt hatte, übergab sie es Rita auch. Rita zückte schnell ihr Handy, fotografierte die entsprechenden Seiten und legte es wieder auf den Tisch.

„Danke Magda, du hast mir sehr geholfen."

Während Rita das sagte, kamen Magda die Tränen. Sie nahm einen Zettel und schrieb dort die Telefonnummer von Brigitte Neumann rauf. Keinen Ton sagte sie zu Rita. Gab ihr den Zettel mit der Nummer und blieb im Sessel sitzen. Nun kamen Rita doch Zweifel, ob sie richtig gehandelt hatte. Aber dafür war es jetzt zu spät.

„Danke Magda. Ich finde alleine heraus."

Rita stand auf und ließ die weinende Magda zurück.

Beim Fotografieren des Kondolenzbuches hat Rita tatsächlich den Namen von Knut Peters gesehen. Also hat Ingo mit seinen Recherchen doch wieder Recht. Rita möchte lieber nicht wissen, wie er das immer macht.

Noch vom Auto aus wählt sie die Nummer von Brigitte Neumann. Nach zweimal Klingeln ist sie sofort am Apparat.

„Hallo Frau Neumann, hier ist Rita Sommer. Ich habe nur noch eine Frage zu einer Akte. Können wir uns kurz treffen?"

Es war kein Problem und Frau Neumann nannte Rita ihre Adresse in der Poeler Straße. Nach gut zehn Minuten stand Rita vor der Haustür und klingelte. Frau Neumann öffnete die Tür und ließ Rita eintreten. Beide Frauen kannten sich durch die Zusammenarbeit mit Paul Thomsen.

„Entschuldigen sie die Störung, aber ich habe da noch ein, zwei Fragen zu den Unterlagen."

„Das ist überhaupt kein Problem. Ich helfe ihnen gerne, wenn ich kann. Kommen sie."

Mit einer einladenden Geste bat Frau Neumann Rita in ihr Wohnzimmer. Rita setzte sich auf die Couch und kam auch gleich ohne Umschweife zur Sache, indem sie Frau Neumann das Foto zeigte.

„Kennen sie den Mann?"

Der Gesichtsausdruck von Frau Neumann verdüsterte sich, was Rita sofort auffiel.

„Er ist vor kurzem im Büro gewesen. Ich kann mich noch so gut daran erinnern, weil er sehr unsympathisch wirkte. Er hatte so eine fordernde Art und war auch sehr unhöflich zu Herrn Thomsen. Ich hatte irgendwie das Gefühl, dass er ihn für etwas verantwortlich machte, was schon längere Zeit her sein musste. Auf alle Fälle war Herr Thomsen danach völlig verändert und fing an, Unterlagen zu suchen, die mit dieser Baustelle dort hinter dem Mumpitz im Zusammenhang standen."

Rita schien es fast so, als wenn Frau Neumann nur darauf gewartet hat, endlich darüber reden zu können.

„Hat er ihnen gesagt, was er damit wollte?"
Brigitte Neumann schüttelte mit dem Kopf.

„Nein. Als er mal wieder eifrig daran arbeitete und recherchierte, habe ich ihn gefragt, was das ist und wofür er es braucht. So aufgeregt habe ich ihn selten erlebt. Ich verstand nichts von dem, was er mir da erzählt hat."

Sie machte eine kurze Pause, die Rita gleich nutzte.

„Was hat er ihnen erzählt."

„Er sprach davon, das sei nur die Spitze des Eisberges, die Fäden laufen ganz woanders zusammen und wenn alles ans Tageslicht kommt, werden noch viel mehr Köpfe rollen als bisher. Ich verstand überhaupt nichts von dem, was er da sagte."

Rita ging es jetzt nicht anders. Auch sie konnte mit diesen Worten nichts, aber rein gar nichts anfangen. Dennoch stellte sie Frau Neumann jetzt noch eine wichtige Frage.

„Magda hat doch mit ihnen darüber gesprochen, dass sie mir die Akten zur weiteren Bearbeitung geben möchten, richtig?"

„Ja."

„Daraufhin haben sie, wie ich ja gesehen habe, alle Unterlagen perfekt sortiert und aufbereitet, damit ich gleich alles im Überblick habe. Diese Papiere von der Baustelle hinter dem Mumpitz ebenfalls. Warum?"

Brigitte Neumann setzte sich aufrecht hin und sah Rita direkt in die Augen. Rita wartete gespannt auf ihre Antwort.

„Ja. Das war Absicht. Herr Thomsen war nicht nur ein guter Arbeitgeber, sondern auch ein sehr netter Mensch. Ich habe ihn nie so aufgebracht erlebt, wie nach dem Besuch von dem Typen. Als er dann auch noch anfing, diese Unterlagen zusammen zu stellen, kam mir das alles sehr eigenartig vor. So etwas hat es in den ganzen Jahren der Zusammenarbeit bei ihm noch nie gegeben. Nach seinem plötzlichen Tod hatte ich Angst oder besser gesagt Befürchtungen, dass es mit dieser Sache zusammenhängen könnte. Deshalb habe ich ihnen die Unterlagen nicht vorenthalten können."

Jetzt blickte sie auf ihre schweißnassen Hände und sprach weiter.

„Ich weiß, dass sie Paul auch mochten. Sollte an seinem Selbstmord irgendetwas nicht stimmen, dann müssen der oder die Täter betraft werden. Ich glaube nicht an seinen Selbstmord."

Rita hatte einen Kloß im Hals und konnte nichts erwidern. Brigitte Neumann hat ihr aus der Seele gesprochen und sie war offenbar ehrlich zu ihr, nicht so wie Magda vor einer Stunde.

Rita räusperte sich und brachte nur ein: „Danke", heraus. „Sie haben mir sehr geholfen."

Brigitte nickte stumm. Sie sah sich um, als wenn sie etwas suchte, blieb aber trotzdem sitzen. Dann sah sie Rita abermals an und sprach weiter.

„Kurz bevor dieser Typ im Büro auftauchte, gab es schonmal eine komische Situation. Vielleicht hat es ja auch nichts zu bedeuten, aber ich würde es ihnen gerne erzählen."

Sie machte eine kurze Pause und schien auf eine Reaktion von Rita zu warten.

„Ja, natürlich, erzählen sie. Ich bin froh über jede Information, was diese Sache betrifft."

Rita nickte ihr aufmunternd zu.

„Die Mails für die Kanzlei kamen immer auf meinem Rechner an. Herr Thomsen hatte natürlich auch einen privaten Account. Wie gesagt, kurz bevor dieser Typ kam, war eine Mail in unserem Postfach, die für mich eher privat wirkte. Die habe ich ihm dann ausgedruckt und auf seinen Schreibtisch gelegt. Als er sie gelesen hat, hat es ihn völlig aus der Fassung gebracht. Er fragte mich, wo ich die herhabe, wann sie gekommen ist und ob noch mehr solcher Mails gekommen sind. Auch da war er schon völlig außer sich."

Rita sah Brigitte jetzt verwundert an.

„Und, wie ging es dann weiter?"

„Nachdem er sich etwas beruhigt hatte, bat er mich, die Mail zu löschen und sie zu vergessen. Ich habe bisher auch mit niemandem darüber gesprochen. Nur jetzt mit ihnen. Herr Thomsen kann sich auf mich verlassen. Auch noch nach seinem Tod."

Sie sah jetzt sehr traurig aus.

„Und sie haben die Mail dann gelöscht", fragte Rita vorsichtig.

„Ja, natürlich", antwortete Brigitte rasch. Irgendetwas schien sie aber noch zu belasten. Rita versuchte es noch einmal.

„Gibt es da vielleicht etwas, was sie mir sagen möchten?"

Frau Neumann schien erleichtert über diese Frage zu sein.

„Ja. Ich weiß, sie sind Rechtsanwältin. Kann sein, dass ich jetzt vielleicht doch noch Ärger bekomme, aber das ist mir egal. Ich habe es für Herrn Thomsen getan, weil ich mir Sorgen gemacht habe. Er war so verändert nach der Mail und als dann der Typ aufgetaucht ist, war ich mir sicher, dass etwas nicht stimmt."

Sie stand auf, verließ das Wohnzimmer und erschien kurz danach mit einem Blatt Papier, dass sie der verdutzten Rita in die Hand drückte.

Etwas verschämt gestand sie dann: „Bevor ich die Mail gelöscht habe, habe ich sie nochmal ausgedruckt und bis heute verwahrt."

Rita wusste gar nicht, was sie sagen sollte. Sie starrte auf das Blatt Papier und konnte mit dem, was da stand, nichts anfangen.

Hallo Paul,
ich kann mein Versprechen nicht einhalten.
Ich komme zurück nach Deutschland.
Es tut mir leid, aber ich möchte meine
Familie wieder sehen.

J.W. / G.S.

Rita sah sich den Absender der Mail an, konnte aber keine Rückschlüsse daraus ziehen. Es waren nur Buchstaben aneinandergereiht, die für sie keinen Sinn ergaben. Also Fehlanzeige mit dem Absender der Mail.

„Wie genau hat er darauf reagiert", wollte sie noch von Frau Neumann wissen.

„Die Tür zu seinem Büro war nur angelehnt. Ich habe gehört, wie er fluchte und sagte: Dieser Idiot, dann ist er Tod. Den Rest habe ich ihnen vorhin schon erzählt."

Rita atmete tief durch.

„Kriege ich jetzt Ärger wegen der Mail", fragte Brigitte Neumann kleinlaut. Rita lächelte.

„Nein. Natürlich nicht. Sie haben sich Sorgen um ihren Chef gemacht. Und wie man sieht, auch zu Recht. Ich bin ihnen dankbar, dass sie so offen mit mir gesprochen haben. Und ich verspreche ihnen, sollte mit dem Freitod von Paul etwas nicht stimmen, werde ich es herausfinden. Das bin ich Paul schuldig."

Vielmehr gab es nicht zu sagen. Rita verabschiedete sich von Frau Neumann und versprach ihr, sie auf dem Laufenden zu halten.

Kapitel 13

Vom Auto aus rief sie bei Ingo im Büro an.

„Hallo Ingo. Das Gespräch mit Magda war sehr interessant. Aber viel bedeutsamer noch der Besuch bei Frau Neumann. Ich habe dir die Fotos vom Kondolenzbuch per SMS geschickt. Sieh sie dir bitte mal an und versuche, noch etwas mehr über diesen Knut Peters ausfindig zu machen. Er hat sich tatsächlich auch in das Kondolenzbuch eingetragen. Wenn er unerkannt bleiben wollte, dann hätte er das wohl eher nicht gemacht. Ich komme heute nicht mehr zurück ins Büro, ich habe mich mit meiner Tochter verabredet. Alles andere besprechen wir morgen früh im Büro."

Ingo hat ihr aufmerksam zugehört und sie beendeten das Telefonat.

Nach dieser Flut von Informationen war Rita froh, sich mit Ute treffen zu können. Durch den Besuch bei Frau Neumann, der nicht eingeplant war, verspätete Rita sich zu ihrem Treffen. Ute wartete bereits ungeduldig im Croque Bistro in der Krämerstraße. Das ist eins von Ritas kleinen Lieblingslokalen, nichts geht über die frischen Crepes mit einer großen Tasse Cappuccino.

Als Rita das Lokal betritt, hatte Ute bereits einen Pott Kaffee vor sich stehen. Trotz der Verspätung strahlte sie ihre Mutter an. Beide umarmten sich zur Begrüßung und Ritas dunkle Gedanken verschwanden sofort beim Anblick ihrer Tochter.

„Na das muss ja ein wichtiger Termin gewesen sein, wenn du mich hier so lange warten lässt", lachte Ute.

Rita setzte sich und bestellte bei der freundlichen Bedienung erstmal einen Kaffee. Dann sah sie Ute ernst an.

„Hat sich dein Vater wieder gemeldet?"
Die Fröhlichkeit aus Ute's Gesicht war sofort verschwunden.

„Nein. Ich habe keinen Anruf mehr von ihm bekommen und auch per Mail oder SMS hat er sich nicht gemeldet."
Rita schien erleichtert zu sein.
Sie plauderten munter über Ute's Arbeit und die Veränderungen, die sie in ihrer Wohnung vornehmen wollte. Das war alles unverfänglicher, als über Ritas Arbeit zu sprechen. Jedes Gespräch darüber würde unweigerlich wieder bei dem Tod von Paul Thomsen enden. Das wollte Rita auf jeden Fall vermeiden.

Voller Stolz berichtete Rita ihrer Tochter von dem Ausflug nach Poel und ihrem Gang durch die Ostsee nach Langenwerder. Ute musste lachen und fragte prompt: „Das hast du tatsächlich gemacht? Wenn ich mir alles vorstellen kann, aber das ganz bestimmt nicht."

Jetzt mussten beide Lachen und sie freuten sich über die entspannte Zeit miteinander.

Seit Ute aus der mütterlichen Wohnung ausgezogen ist, versuchen sie sich so oft wie möglich zu treffen. Das ist durch Ritas Arbeit manchmal nicht so einfach.

Nach gut einer Stunde bezahlt Rita und sie verlassen gemeinsam das Lokal in Richtung Marktplatz.

„Komm, lass uns noch über den Markt schlendern, die Stände sind noch nicht abgebaut", versucht Ute ihre Mutter zu überzeugen.

„Prima Idee", entgegnet Rita ihrer Tochter. Sie haken sich unter und verschwinden im Gewusel der Leute vor den Ständen. Rita bleibt vor dem Stand mit dem frischen Obst und Gemüse stehen. Ute muss lachen.

„Immer das Gleiche mit dir. Hier kommst du nie dran vorbei, ohne etwas zu kaufen."

Unbeirrt von Ute's Worten bleibt der Blick von Rita auf den frischen Waren hängen. Sie kramt ihre Geldbörse aus der Tasche und lässt sich Tomaten, Äpfel und Salat einpacken. Sie strahlt ihre Tochter an.

„Jetzt können wir gehen."

Sie verlassen den Marktplatz und Rita begleitet Ute weiter die Dankwartstraße hinunter bis zu ihrer Wohnung am Schilde.

„Lieb von dir, dass du mich das Stück noch begleitet hast."

Ute druckst ein bisschen, was Rita nicht entgeht.

„Na, was bedrückt dich?" Ute räuspert sich.

„Was meinst du, wird er sich nochmal melden?" Rita wusste genau, dass Ute damit ihren Vater meinte. Die Frage tat Rita weh. Ihr war klar, dass Ute, trotz allem, was passiert ist, immer noch an ihrem Vater hängt und ihn auch vermisst.

„Ich weiß es nicht. Wir beide haben doch gar keine Ahnung, was damals war und wo er heute ist und was er macht. Ich kann dir die Frage nicht beantworten." Rita sah dabei traurig nach unten.

Ute atmete tief durch und drückte ihre Mutter.

„Ich habe dich lieb. Komm gut nach Hause."

Rita winkte Ute zu, die lächelnd in der Haustür verschwand.

Kapitel 14

Noch am Abend, als Rita nach dem Treffen mit Ute wieder zu Hause war, kreisten ihre Gedanken nur um Magda und Frau Neumann. Immer wieder nahm sie sich den Zettel mit der Mail zur Hand. Das – Hallo Paul – was da als Anrede steht, ist für Rita eindeutig. Es ist jemand, der Paul gut kennt und den Paul offensichtlich auch gut kannte. Aus dem Rest wird sie nicht schlau und aus den Initialen erst recht nicht. Auch das Gefühl, das Magda ihr etwas verschweigt, wird sie nicht los. Die Ehrlichkeit, mit der Brigitte Neumann ihr entgegentrat, hat sie beeindruckt. Wenn sie jetzt noch das Geheimnis um die Mail lüften könnte, wäre sie bestimmt ein gutes Stück weiter.

Als Rita am nächsten Morgen das Büro betritt, ist Ingo schon da und beschäftigt sich mit den Bildern und dem Kondolenzbuch, was Rita ihm am Vortag geschickt hatte.

„Guten Morgen. Na du bist ja schon fleißig."
Ingo hob nur kurz seinen Kopf und nickte, dann vertiefte er sich gleich wieder auf das, was er auf dem Bildschirm sah.

Rita setzt sich an ihren Schreibtisch und sieht die Post durch, die Ingo ihr auf den Tisch gelegt hat. Es war nichts Besonderes dabei, sodass sie alles gleich in den Ablagekorb legen konnte. Durch das geöffnete Fenster dringt der Straßenlärm von der Dankwartstraße ins Büro. Rita lässt es trotzdem offen und genießt den Duft der Ostsee, der den Raum durchflutet.

„Na, dieser Typ, der Knut Peters, scheint ja wirklich kein unbeschriebenes Blatt zu sein. Er hat zwar kein Vorstrafenregister, aber auffällig ist er in den letzten Jahren immer wieder geworden. Nur leider konnte man ihm nie etwas nachweisen."

„Wahrscheinlich hat er gute Rechtsanwälte", schmunzelt Rita.

Ingo zuckt nur mit den Schultern. Rita deutet auf seinen Bildschirm.

„Hilft uns das Kondolenzbuch weiter?"
Ingo wiegt den Kopf leicht hin und her.

„So richtig nicht. Knut Peters haben wir ja schon erkannt. Ansonsten tauchen jede Menge Berufskollegen und Verwandtschaft auf. Bisher niemand, der irgendwie auffällig ist."

Rita nickt. „Als ich gestern bei Magda war, hatte ich den Eindruck, dass sie mir etwas Wesentliches verschweigt. Sie als Ehefrau muss doch gewusst haben, was ihren Mann so aus der Fassung gebracht hat. Noch dazu, wenn es laut wird im Büro und er im Anschluss, an den Besuch völlig verändert ist."

Rita konnte das einfach nicht verstehen und Ingo schaute nur ratlos.

Sie reicht ihm den Zettel mit der Mail, den Brigitte Neumann ihr gegeben hat.

Sein Blick gleitet darüber und bleibt auf den Initialen hängen. „J.W. / G.S. – wer soll das sein? Wir müssen unbedingt rauskriegen, wer sich hinter den Initialen verbirgt."

Rita lacht. „Dann hast du ja eine spannende Arbeit vor dir. Zumindest wissen wir mit Sicherheit, dass Paul und Magda und auch Frau Neumann Kontakt mit Knut Peters hatten. Das können beide

74

Frauen nicht leugnen. Im Gegensatz zu Magda scheint Brigitte Neumann auf jeden Fall kooperativ zu sein. Vielleicht fällt ihr ja noch irgendetwas dazu ein, was sie mir noch nicht erzählt hat."

Kapitel 15

Sein schweißnasser Körper hebt sich von der Frau, die sich wohlig auf die Seite dreht und ihn strahlend anschaut. Er ignoriert das, steht auf und zieht sich seine kurzen Shorts wieder an.

Die Sonne steht hoch am Himmel und das Thermometer zeigt jetzt, um elf Uhr, schon 34 Grad an. Es ist wieder ein sehr heißer Tag hier in Ban Krut.

Die Hitze in Thailand hat ihn von Anfang an gestört. Das ist einfach nicht sein Land.

Er greift zu der Wasserflasche, die auf dem Tisch steht und geht raus auf die Terrasse des Bungalows. Dort setzt er sich in den Schatten, nimmt einen großen Schluck aus der Wasserflasche und starrt auf den Golf von Thailand hinaus, der sich vor dem schmalen Festland erstreckt.

In Gedanken ist er weit weg. Er denkt an Deutschland. Da ist jetzt Frühling. Die Natur erwacht, alles fängt mit Grünen und Blühen an. Die Kleingärtner wuseln in ihren Gärten umher und säen das aus, was sie im Laufe des Sommers und dann im Herbst ernten wollen.

Der Blick auf das Meer kann ihm nicht die Ostsee ersetzen, die ihm nun schon seit Jahren fehlt.

Sein Entschluss steht fest. Er muss zurück nach Deutschland.

Kapitel 16

Rita und Ingo sind mit der Akte und den Informationen, die sie bisher haben, nicht wirklich weiter gekommen. Sie sind beide unzufrieden damit, entsprechend gedrückt ist die Stimmung im Büro.

Ingo zuckt ratlos mit den Schultern. „Egal was wir versuchen zu recherchieren, überall stoßen wir wieder auf Knut Peters und scheinen uns nur im Kreis zu drehen. Nichts ergibt einen Sinn. Es wirkt alles wie eine Sackgasse."

Rita atmet tief durch und schaut Richtung Fenster.

„Ja. Du hast Recht, so kommen wir nicht weiter. Lass uns mal zusammenfassen, was wir haben."

Ingo sieht Rita an. „Na gut, fassen wir es mal zusammen. Da ist Paul Thomsen, der sich das Leben genommen hat, was wir bezweifeln. Deshalb hast du Kontakt aufgenommen zu seiner Frau Magda. Sie glaubt an seinen Selbstmord, bittet dich, seine

Arbeiten zu Ende zu bringen. In genau diesen Unterlagen finden wir Hinweise darauf, dass Paul Recherche betrieben hat, zu einem Bauvorhaben, was in Wismar in der Öffentlichkeit bereits vor Jahren für Aufsehen gesorgt hat. Der Bauherr und oder Investor Knut Peters, der in der kriminellen Szene kein unbeschriebenes Blatt ist, taucht hier wiederholt auf. Er erscheint sogar bei der Trauerfeier von Paul, macht auch keinen Hehl daraus indem er sich in das Kondolenzbuch einträgt und besucht Wochen vorher noch Paul Thomsen in seinem Büro. Der Besuch schien nicht geplant gewesen zu sein und ist bei Paul anscheinend auch nicht positiv angekommen, da er im Anschluss daran verändert und verärgert gewesen ist, was seine Frau und seine ehemalige Mitarbeiterin bezeugen können."

Nachdem Ingo seine Aufzählung beendet hat, kehrt Schweigen ein und weder Rita noch Ingo sagen etwas. Beide sitzen sich nur still gegenüber.

Rita steht auf und geht schweigend hin und her. Für Ingo fühlt es sich wie Minuten an, die Rita da so das Büro durchstreift.

Sie bleibt stehen, stellt sich vor ihren Schreibtisch und schaut Ingo an.

„Nach all dem, was wir jetzt wissen, kann der Schlüssel zu allem nur in der Beziehung zwischen Paul und Knut Peters liegen. Überlege doch mal. Knut Peters besucht Paul in seinem Büro. Nachweislich zweimal. Nach jedem Besuch ist Paul verändert, in sich gekehrt oder völlig aufgebracht.

Was schlussfolgern wir daraus? Diese beide Männer verbindet etwas, was, das wissen wir noch nicht. Was mir in diesem Zusammenhang auch nicht klar ist, warum ist Magda so abweisend zu mir? Ich will ihr doch nur helfen. Sie scheint mir etwas zu verschweigen, was ich auf keinen Fall wissen soll."

„Meinst du? Das kann ich mir nicht vorstellen. Ihr habt doch all die Jahre ein gutes Verhältnis miteinander gehabt."

Rita zuckt mit den Schultern.

„Ja. Das hatten wir. Aber wenn ich so darüber nachdenke, war es doch eher oberflächlich. Über Geschäftliches wurde nie gesprochen und privat war es auch eher nur allgemeines Blabla."

Rita wirkt zerknirscht. Es ist ihr noch nie so bewusst geworden, wie wenig sie doch wirklich von Paul und Magda weiß. Okay, das Übliche. Verheiratet, Kinder, Enkelkinder, etc. Aber alles andere? Noch nicht einmal über den Musikgeschmack von Paul wusste sie etwas. Kannte sie ihn wirklich so gut, wie sie dachte?

„Versuche bitte so viel wie möglich über Knut Peters in Erfahrung zu bringen. Diesmal sind mir alle Mittel recht. Egal wie, ich will alles von ihm wissen."

Ingo zeigt ihr beide Daumen nach oben und Rita nickt ihm aufmunternd zu.

„Ich brauche jetzt eine Pause und gehe mir ein bisschen die Füße vertreten." Sie schaut auf ihre Uhr. Es ist halb zwölf.

„Okay. Wir treffen uns um zwei wieder im Büro und dann machen wir weiter. Die Pause wird uns guttun."

Kapitel 17

Rita verlässt das Büro und geht langsam die Dankwartstraße in Richtung Marktplatz. Ganz bewusst versucht sie, die Gedanken aus dem Büro zu vertreiben. Um wieder klar denken zu können, muss sie sich ablenken.

Rita bleibt auf der Straßenseite, auf der sich auch ihr Büro befindet. Ihr Blick streift die Schaufenster, an denen sie vorbeigeht, ohne die Auslagen wirklich wahrzunehmen. Erst als sie vor dem Bastelladen steht, fällt ihr auf, dass sie seit der Kindheit von Ute so gut wie gar nicht mehr gebastelt hat.

Was waren das doch für schöne Zeiten. Ob Ostern, Weihnachten, Herbst oder auch alle anderen Anlässe, Rita hat mit ihrer Tochter immer sehr viel gebastelt und auch gemalt. Bei dem Gedanken daran muss sie lächeln und erfreut sich an den Auslagen im Schaufenster, indem sie in der Vergangenheit schwelgt.

Leise seufzend geht sie nach ein paar Minuten weiter, macht einen Abstecher in die Sargmacherstraße zu der Kaffeerösterei. Hier gönnt sich Rita einen kleinen Beutel südamerikanischen Kaffee. Sie ist gewiss nicht geizig, aber trotzdem achtet sie darauf, was sie kauft. Den Duft des Kaffees hat sie noch in der Nase, als sei bereits an der Ecke zum Marktplatz, bei Rossmann ist. Hier braucht sie heute nichts und geht zur Sparkasse, um noch Geld abzuheben.

Der strahlend blaue Himmel lädt heute regelrecht zum Aufenthalt im Freien ein. Schnell hat Rita einen freien Tisch vor dem Restaurant Schwedenwache gesichtet und steuert zielgerichtet darauf zu.

Sie setzt sich so, dass ihr die Sonne ins Gesicht scheinen kann. Nachdem die Kellnerin ihre Bestellung entgegengenommen hat, schließt sie die Augen und entspannt. Das liebt sie. Still sitzen, Sonne von vorne und einfach Ruhe. Die wärmenden Strahlen der Sonne auf ihrer Haut lösen ein Wohlgefühl in ihr aus.

Durch die geschlossenen Lider nimmt Rita eine Gestalt wahr, die sich offenbar ihr gegenüber an den Tisch gesetzt hat. Verwirrt öffnet sie die Augen und sieht einen Mann. Er trägt eine Sonnenbrille, sodass Rita nicht sehen kann, wo er hinschaut. Wortlos nimmt der die Speisekarte und öffnet sie, ohne seine Sonnenbrille abzunehmen. So ein unhöflicher Kerl, denkt Rita, spricht ihn aber auch nicht an.

Als die Kellnerin Rita die kleine Vorspeise bringt, die sie sich zum Mittag bestellt hat, legt ihr Gegenüber die Speisekarte beiseite und ordert sich einen Espresso. Rita ist verärgert über die Art und

Weise dieses Typen. Trotzdem versucht sie, sich ihr Essen schmecken zu lassen. Kaum das sie den letzten Bissen heruntergeschluckt hat, spricht sie der unbekannte Mann an.

„Wenn ich sie wäre, würde ich die Nachforschungen über Knut Peters sofort einstellen. Es könnte sehr unangenehm für sie werden."

Rita erstarrt und kann nichts dazu sagen. Er hat mit ruhiger Stimme gesprochen und zeigt keinerlei Erregung. Seine Sonnenbrille hat er immer noch auf der Nase, sodass Rita seine Augen nicht sehen kann. Jetzt lächelt er und spricht betont ruhig weiter.

„Ich weiß wer sie sind und woran sie sich gerade die Zähne ausbeißen. Aber sie können mir glauben, egal was sie herausfinden oder auch nicht, dass macht ihren Berufskollegen Paul Thomsen nicht wieder lebendig. Akzeptieren sie, dass er nicht mehr leben wollte, aus welchem Grund auch immer. Es steht jedem von uns frei, über sein Leben zu entscheiden und es zu beenden, wann immer wir wollen."

Sein Lächeln war jetzt verschwunden und er saß weiter regungslos da. Während er sprach, konnte Rita sich ein wenig von ihrem Schreck erholen.

„Wer sind sie und woher kennen wir uns?"

Er grinste sie an. „Wer ich bin, spielt keine Rolle. Sie kennen mich nicht und werden mich auch nicht kennen lernen. Es sei denn, sie sind so unvernünftig und recherchieren weiter. Halten sie sich von allem fern, das ist für alle Beteiligten am gesündesten.

Egal was passiert, dieses Gespräch hat nie stattgefunden."

Er legte das Geld für den Espresso auf den Tisch, stand wortlos auf und verschwand über den Marktplatz. Rita sah ihm verblüfft nach und versuchte, sich seinen Gang und die Gestalt einzuprägen. Sein Gesicht konnte sie durch die Sonnenbrille nur bedingt sehen. Jetzt erst merkte sie, wie ihre Hände zitterten und ihr Herz raste.

Kapitel 18

Der Check-in Schalter am Flughafen Suvarnabhumi in Bangkok ist sehr voll. Nervös fächert er sich mit dem Pass frische Luft ins Gesicht, was nicht nur an den Temperaturen liegt. Er ist nervös. Seinen richtigen Pass hat er schon lange nicht mehr. Mit diesem Pass reist er unter falschem Namen nach Deutschland ein. Alles wurde damals geändert. Sogar seine Krankenversicherungsnummer. Nichts erinnert mehr an den Menschen, der er mal war.

Verbittert denkt er an damals zurück. Er weiß, es ist gefährlich, nach Deutschland zurückzukehren, aber er kann nicht anders. Für ihn ist die Zeit gekommen reinen Tisch zu machen. Seine Mail an Paul Thomsen blieb bis heute unbeantwortet.

Seit Jahren hat er online die Ostsee-Zeitung mit dem Lokalteil aus Wismar abonniert. Als er die Todesanzeige von Paul gelesen hat, wurde ihm speiübel und er musste sich übergeben. Mit dem Tod von Paul brach in ihm jeder Hoffnung zusammen, jemals wieder als freier Mensch nach Deutschland zurückkehren zu können. Paul war der einzige Mensch, dem er noch vertrauen konnte und der ihm hätte helfen können. Jetzt war er allein auf sich gestellt und Freiwild für alle anderen.

Da er nur einen Rucksack als Handgepäck hatte, war er schnell am Schalter fertig. Erleichtert hielt er die Bordkarte in der Hand, ging zur Sicherheitskontrolle und stand innerhalb kürzester Zeit im Transitbereich des Flughafens.

Jetzt erst fiel ein wenig Aufregung von ihm ab und er nahm seine Umgebung intensiver wahr. Sein unruhiger Blick glitt über die vielen Menschen, die hier herumliefen. Niemals könnte er hier jemanden erkennen, der ihm folgen würde. Also ging er gleich zu seinem Gate, in der Hoffnung keine Verfolger zu haben.

Nach einem kurzen Zwischenstopp in Dubai ging es direkt weiter nach Hamburg. Aufmerksam verfolgte er auf dem Bildschirm die Route des Fliegers. Schon allein das Wort Hamburg auf dem Monitor, löst in ihm eine Flut von Gefühlen aus. Einerseits Freude, wieder in die Heimat zu reisen. Andererseits das ungute Gefühl vor dem, was ihn dort erwarten wird. Ja, er hat Angst.

Schon seit zwanzig Minuten befindet sich der Flieger im Sinkflug. Seine Nervosität nimmt von Minute zu Minute zu. Das Signal für das Anlegen der Sicherheitsgurte reißt ihn aus seinen Gedanken. Nach dem letzten Toilettengang hatte er den Gurt bereits geschlossen, sodass er jetzt nur noch den sicheren Sitz prüfte.

Es ist ein ruhiger Landeanflug auf den Flughafen in Hamburg. Er genießt den Anblick auf die erleuchteten Straßen und Gebäude. Mit einem kurzen Ruck setzt die Maschine auf und im Lautsprecher ertönt die Durchsage „Welcome to Hamburg". Mit dem Handrücken wischt er sich die Träne von der Wange. Es ist ein sehr emotionaler Augenblick für ihn, nach so vielen Jahren wieder deutschen Boden unter den Füßen zu haben.

Langsam geht er mit seinem Rucksack in der Hand Richtung Ausgang. Kurz vor der Passkontrolle staut sich die Menschenmenge nochmal kurz. Er legt so gelassen wie möglich seinen Pass am Schalter vor. Der Beamte nimmt das Dokument, nickt einem anderen Beamten zu. Dieser tritt seitlich neben ihn.

„Guten Tag, Herr Winter, folgen sie mir bitte."
In ihm brach eine Welt zusammen.

Kapitel 19

Rita lässt sich die Rechnung bringen und versucht, zu verstehen, was da gerade geschehen ist. So schnell wie der Typ da war, ist er dann auch wieder verschwunden.

Mit schnellen Schritten geht sie zum Büro zurück. Ingo ist noch nicht da. Sie füllt den Wasserkocher und bereitet die Kaffeetassen vor. Kurz danach reißt Ingo die Tür auf und steht mit blassem Gesicht vor Rita.

„Was ist passiert?"

Ingo setzt sich an seinen Schreibtisch und lässt Rita nicht aus den Augen. Sie sieht ihn fragend an.

„Du kannst dir nicht vorstellen, was mir gerade passiert ist."

Rita schmunzelt und muss an den Typen von vorhin denken. „Na da bin ich aber gespannt."

„Ich stehe ganz entspannt vor dem Schaufenster bei Kressmann, weil ich mir neue Shirts kaufen möchte. Kommt da doch so ein Typ und quatscht mich an. Und du glaubst nicht, was er zu mir gesagt hat." Rita nutzt die kurze Pause.

„Lass mich raten. Es geht um Paul. Wir sollen aufhören mit unseren Nachforschungen."

So verblüfft hat Rita Ingo noch nie gesehen. Trotz des Ernstes der Lage muss Rita jetzt doch lachen. Ingo ist sprachlos. Rita wird gleich wieder sehr ernst.

„Ja. Mir ging es ähnlich."

Nachdem sie Ingo ausführlich von ihrer Begegnung erzählt hat, schweigen sich beide sehr lange an und sind in sich gekehrt.

„Ich glaube, wir haben da in ein Wespennest gestochen, beziehungsweise Paul hat es schon gemacht. Aber das passt auch nicht zusammen. Paul kannte schließlich Knut Peters und auch den Mann, der ihm diese ominöse Mail geschickt hat. Und seine Reaktion auf den Besuch von Knut Peters lässt vermuten, dass sie etwas aus der Vergangenheit verbindet. Was auch immer das ist."

Rita macht eine kurze Pause. Dann spricht sie weiter.

„Nun stellt sich nur die große Frage, warum man uns unbedingt daran hindern will, weitere Nachforschungen anzustellen. Was können wir herausfinden, was so furchtbar ist, dass es uns in Gefahr bringen könnte?"

Wieder schauen sich beide zweifelnd an und wissen keine Antwort darauf.

„Eins ist klar, unsere Aktivitäten wurden bis ins kleinste überwacht und alles was wir in dieser Richtung unternehmen, wird denen, wer auch immer das ist, nicht verborgen bleiben. Da stellt sich nur die Frage, wer steckt dahinter. Und jetzt sollte uns erst recht klar sein, dass der Tod von Paul nicht mit rechten Dingen zugegangen ist."

Nachdem Rita das gesagt hat, wird ihr Blick traurig und sie schaut auf die Tischplatte vor sich.

Kapitel 20

Knut Peters steht am Fenster und schaut nachdenklich hinaus. Sein Blick ist ins Leere gerichtet. Die Büroräume die er hier in dem neu sanierten Gebäude am Markt gemietet hat, wird er bald wieder kündigen können. Sobald seine Aufgabe hier abgeschlossen ist, wird er Wismar wieder den Rücken kehren und nach Frankfurt zurückgehen. Dort fühlt er sich viel wohler als hier.

Die Aussicht auf den schönen Marktplatz mit der Wasserkunst interessiert ihn nicht. Seine Gedanken kreisen um Jan Winter. Er ist sich nicht sicher, ob er jetzt einen Fehler macht. Wie hat sein Vater früher immer zu ihm gesagt? *Schlafende Hunde soll man nicht wecken.*

Auch sein Vater war, so wie er jetzt, in unseriöse Geschäfte verwickelt, mit denen er damals schon ein riesen Vermögen aufgebaut hat. Knut musste also nur in seine Fußstapfen treten. Der Bekanntheitsgrad seines Vaters hat ihm in der Unterwelt so manche

Tür geöffnet. Mittlerweile zählt er zu den ganz Großen in der Verbrecherwelt.

Was Jan Winter betrifft, steht sein Entschluss fest. Solange er im Ausland war, konnte er ihm nicht habhaft werden. Es war der größte Fehler, den er machen konnte, wieder nach Deutschland zu kommen.

Unbehagen bereitet ihm Rita Sommer, die wie eine Furie Informationen sammelt und die Schlinge um seinen Hals immer enger ziehen kann. Er kann es kaum glauben, dass so eine dahergelaufene Rechtsanwältin ihm Unbehagen bereitet. Er ist im Laufe seines Lebens schon mit ganz anderen Geschäftsleuten fertig geworden, wo es um viel mehr ging als nur um ein paar Informationen. Aber zu diesem Zeitpunkt könnte sie ihm tatsächlich gefährlich werden. Das muss er unbedingt verhindern. Sie muss an weiteren Recherchen gehindert werden.

Es hätte alles reibungslos laufen können, wenn nicht dieser Idiot von Paul Thomsen durchgedreht hätte. Er war von Anfang an der größte Unsicherheitsfaktor. So etwas hat er in seiner gesamten Verbrecherlaufbahn noch nicht erlebt. Bisher konnte er alles mit Geld regeln. Es war immer nur eine Frage der Summe. Aber nicht bei Paul Thomsen. Der war stur und hat immer auf die Gerechtigkeit im Leben gepocht. Wohin ihn das gebracht hat, sieht man jetzt ja. Seine Asche liegt auf dem Grund der Ostsee und geholfen hat er damit niemandem. Auch Jan Winter kann er jetzt nicht mehr helfen. Durch seine Rückkehr nach Deutschland hat er sich selber zum Freiwild erklärt und es gibt kein Zurück mehr.

Kapitel 21

Er wurde wortlos an den anderen Passagieren vorbei in die Räume hinter der Absperrung geführt und sie gingen einen langen Gang hinunter. Die frische Luft, die ihm entgegenschlug, signalisierte ihm, dass sie gleich das Gebäude verlassen würden.

Vor dem Terminal stand ein Fahrzeug mit laufendem Motor. Er musste auf dem Rücksitz des Wagens Platz nehmen, eskortiert von zwei Männern. Das Fahrzeug setzt sich in Bewegung und verlässt das Flughafengelände.

Keiner der Männer sprach. Für ihn war alles klar. Seine Reise nach Deutschland hat schon am Flughafen in Hamburg ein jähes Ende gefunden.

Kapitel 22

Zufrieden betrachtet Ute die mit Folie abgedeckten Möbel in der Mitte des Wohnzimmers. Bereits am Abend hat sie alles für die Malerarbeiten vorbereitet.

Das Abkleben der Flächen, die keine Farbe abbekommen sollen, hat sie am meisten aufgehalten. Den Farbwechsel in der Stube hatte sie sich schon lange vorgenommen. Nun passte es zeitlich endlich und sie konnte für heute einen Tag Urlaub nehmen. Mit einem kleinen Holzstab rührt sie in der Farbe, die sie sich im Baumarkt selber gemischt hat. Ute lächelt. Sie ist gespannt, was ihre Mutter zu der weinrot gestrichenen Wand sagen wird. Sie muss aufpassen, dass sie nicht auf der Folie ausrutscht, die auf dem Fußboden ausgebreitet liegt. Die Auslegware ist zwar nicht besonders hochwertig, aber so sparsam wie Ute ist, möchte sie noch keine Neue kaufen müssen.

Mit dem Pinsel beginnt sie die Ecken zu streichen, um dann die große Fläche der Wand mit der Rolle zu malern. Freudig summt sie den Titel *Take A Chance On Me* von ABBA mit, der gerade im Radio dudelt. Je mehr weinrote Farbe, die bisher weiße Wand bedeckt, umso freudiger wird Ute. Mit Genuss führt sie die Rolle über den letzten weißen Streifen an der Wand, tritt einen Schritt zurück und betrachtet ihr Werk. Sie ist mehr als zufrieden und beschließt, eine Kaffeepause zu machen, bevor sie die anderen Wände wieder weiß streicht.

Während das Wasser im Kocher zischt, platziert Ute den Kuchen auf dem Teller. Oft gönnt sie sich den Gang zum Bäcker nicht, aber heute konnte sie nicht widerstehen. Genüsslich atmet sie den Kaffeeduft ein und greift zu ihrem Handy, das auf dem Tisch liegt. Auf dem Display sieht sie, dass ihr jemand eine WhatsApp geschickt hat. Sie sieht nach und ihr Gesichtsausdruck verfinstert sich.

Ingo wollte Rita gerade etwas fragen, als hier Handy klingelte. Sie sah im Display die Nummer ihrer Tochter und zog erstaunt die Augenbrauen hoch.

„Hallo Ute." Nach ein paar Sekunden sagte sie nur: „Ja. Natürlich kannst du herkommen. Ich bin im Büro."

Rita zuckte mit den Schultern. „Ute kommt gleich her. Sie will mit mir reden, irgendetwas muss passiert sein."

Ingo nickte kurz. „Sag mal, wie sah der Typ aus, der dich angesprochen hat?"

Rita überlegte kurz und beschrieb ihm dann den Mann, der sich ihr gegenüber hingesetzt hatte.

„Deine Beschreibung passt auch auf meinen Typen." Weiter kam Ingo nicht, da stand auch Ute schon in der Tür. Sie begrüßte ihre Mutter kurz und beide Frauen verschwanden in Ritas Büro.

„Gut siehst du aus", versuchte Rita mit Blick auf die Malerklamotten die Ute anhatt zu scherzen. Sie winkt nur ab und setzt sich ihrer Mutter gegenüber an den Tisch. Ohne ein Wort zu sagen reicht sie ihrer Mutter das Handy. Als Rita die WhatsApp liest, runzelt sie die Stirn und blickt in das verzweifelte Gesicht ihrer Tochter.

„Was soll ich tun. Mein Vater will sich morgen mit mir treffen."

Hilfesuchend sieht sie ihre Mutter an. Rita lächelt.

„Er ist dein Vater. Wenn er dich jetzt nach so langer Zeit treffen möchte, wird er seine Gründe dafür haben. Es ist letztendlich deine Sache, ob du ihn sehen möchtest oder nicht. Die Entscheidung kann ich dir nicht abnehmen. Egal wie du dich entscheidest, ich stehe immer hinter dir."

Ute sieht ihre Mutter verzweifelt an. Rita steht auf, geht auf ihre Tochter zu und breitet die Arme aus.

„Komm her. Lass dich umarmen."
Rita drückt ihre Tochter fest an ihre Brust.

„Ich bin mir sicher, dass du für dich die richtige Entscheidung treffen wirst."

Ute erwidert die zärtliche Umarmung ihrer Mutter.

„Komm. Wir zeigen Ingo mal die WhatsApp. Vielleicht kann er über die Telefonnummer etwas in Erfahrung bringen. Ich habe ihm alles erzählt. Er weiß Bescheid."

Ute nickt und folgt ihrer Mutter. Rita reicht Ingo das Handy.

„Wirf doch bitte mal einen Blick auf diese WhatsApp und die Telefonnummer. Kannst du eventuell rauskriegen, wo er sich aufhält?"

Ingo tippt die Nummer in seinen Rechner ein und die beiden Frauen verfolgen genau, was auf dem Bildschirm erscheint. Ingo schüttelt mit dem Kopf.

„Nichts zu machen. Da ist eine Rückverfolgung nicht möglich."

„Okay, ein Versuch war es wert."

An Ute gewandt fragt Rita: „Und. Wie wirst du dich entscheiden?"

Ute sieht ihre Mutter an. „Ich werde mich mit ihm treffen und mir anhören, was er zu sagen hat. Alles andere wäre auch blöd."

Rita nickt ihrer Tochter aufmunternd zu. Ein mulmiges Gefühl hat sie trotzdem dabei.

„Wann und wo will er sich morgen mit dir treffen?"

Ute schaut auf die WhatsApp. „Sechzehn Uhr an der Nikolai-Kirche. Ob ich ihn auch erkennen werde?"

„Bestimmt. Ihr werdet euch beide erkennen." Rita lächelt und deutet auf die bekleckerten Sachen, die Ute anhat.

„Ich vermute, du malerst dein Wohnzimmer, was du schon lange machen wolltest."

„Ja. Eine Wand habe ich schon fertig. Ich bin gespannt, wie du sie findest. Danke für deine Hilfe."

Rita schmunzelt. „Ich habe dir doch einfach nur zugehört."

Ute steckt ihr Handy wieder ein und verabschiedet sich von Ingo und ihrer Mutter. Rita winkt ihr lächelnd hinterher.

„Das gefällt mir alles nicht. Ich habe kein gutes Gefühl dabei. Warum will er sich nach so vielen Jahren mit ihr treffen."

Ingo zuckt mit den Schultern. „Morgen weißt du bestimmt mehr."

„Ja. Da hast du wahrscheinlich Recht. Lass uns für heute Feierabend machen. Ich bin irgendwie kaputt. Erst der Typ beim Mittagessen der uns droht und dann noch die Sache mit meinem Ex. Das ist einfach zu viel an Ereignissen an einem Tag."

„Okay, da sage ich nicht nein. Dann kann ich mit meinem Kumpel noch was unternehmen. Bis morgen."

„Tschau, machs gut."

Nachdem Ingo die Tür hinter sich geschlossen hatte, setzte Rita sich an ihren Schreibtisch. Die Drohung, von diesem unbekannten Mann macht ihr doch sehr zu schaffen. Der Tod von Paul erscheint ihr immer mysteriöser. Warum soll sie um alles in der Welt die Finger davon lassen. Was hat das alles zu bedeuten. Heute findet sie gewiss keine Antwort mehr auf all die Fragen, die sie gerade so belasten.

Kapitel 23

Rita schließt das Büro ab und geht zu ihrem Auto, das wie immer auf dem Marienkirchplatz steht. Sie nimmt heute nicht die Abkürzung durch die Grüne Straße, sondern geht die Dankwartstraße weiter und biegt an der Ecke zur Hegede in die

Sargmacherstraße ein. Um auf andere Gedanken zu kommen, schlendert Rita noch in das Geschäft Bücherwelten. Dieser kleine Laden wirkt einladend und heimisch. Kein Vergleich zu dem Hugendubel Hinter dem Rathaus.

Ihr Blick schweift über die Auslagen und bei dem Anblick der Kinderbücher wird ihr warm ums Herz. Sofort muss sie wieder an Georg denken und das er sich morgen tatsächlich mit ihrer Tochter treffen möchte. Sie wird diesen Gedanken einfach nicht los. Rita verlässt das Geschäft und geht gegenüber noch in die Kaffeerösterei especial. Hier gönnt sie sich eine kleine Tüte frisch gemahlenen kolumbianischen Kaffee. Bei dem Preis verschlägt es ihr fast die Sprache, aber sie nimmt ihn trotzdem. Der Duft des frischen Kaffees begleitet sie noch bis zum Parkplatz.

Als Rita sich ihrem grauen Volvo nähert, sieht sie sofort den Zettel unter dem Scheibenwischer. So eine Frechheit denkt sie, ich habe doch den Parkschein gelöst und auch auf das Armaturenbrett gelegt. Na das werde ich mir nicht gefallen lassen. Wütend nimmt sie den Zettel in die Hand und stellt verblüfft fest, dass es kein Strafzettel ist. Sie rollt das Papier auseinander und trotz der angenehmen warmen Luft läuft ihr ein kalter Schauer über den Rücken. Was sie da liest, kann sie kaum glauben. In gedruckter Schrift steht dort: *Vergiss nicht unser Gespräch heute Mittag.*

Ganz bewusst reißt sie sich zusammen und schaut nicht suchend in die Runde, da sie annimmt, dass der Verfasser dieses Zettels noch in der Nähe ist. Sie öffnet die Fahrertür, steigt ein und startet den Motor. Rita ist sich sicher, dass sie von dem Mann beobachtet wird. So ruhig wie möglich steuert sie ihr Auto vom Parkplatz und fährt nach Hause. Ihr Blick ist immer suchend auf den Rückspiegel gerichtet, ob ihr jemand folgt. Sie kann aber nichts Verdächtiges feststellen.

Im Schwanenweg angekommen fährt sie in den Carport, schaltet den Motor aus und bleibt regungslos im Auto sitzen. Ihre Tasche hat sie vom Beifahrersitz genommen und hält sie vor sich fest. Es ist Nachmittag, taghell und wie immer in dieser Gegend auch sehr ruhig. Rita beobachtet ihre Umgebung sehr genau. So langsam beruhigt sie sich wieder. Ihr scheint niemand gefolgt zu sein und es ist auch im Umfeld keine Bewegung zu sehen. Sie schluckt den Kloß im Hals hinunter und macht sich selber Mut.

Sie steigt aus und geht zum Haus. Das ungute Gefühl beobachtet zu werden, steigt wieder in ihr auf. Komm Rita, reiß dich zusammen. Du bist eine erwachsene Frau und stehst mit beiden Beinen im Leben. Vor wem oder was muss ich Angst haben. Scheiße, ich habe Angst. Ja. Weil mir so ein Typ droht und ich weiß nicht warum.

Rita ist wütend und stinksauer. Da kommt so ein Mensch daher und macht ihr Angst. Warum? Was habe ich getan?

Beim Öffnen der Tür stellt sie fest, das ihre Hand zittert. Das macht Rita noch wütender. Sie ermahnt sich zur Ruhe. Komm wieder runter. Du musst ruhig sein, um klar denken zu können. Rasch betritt sie das Haus und schließt sofort die Tür hinter sich.

Den Zettel, der hinter dem Scheibenwischer geklemmt hat, legt Rita auf den Esszimmertisch. Sie hängt ihre Sachen an die Garderobe und will sich gerade die Schuhe ausziehen, als das Telefon klingelt. Sie hält inne und überlegt, ob sie das Gespräch annehmen soll. Es könnte auch Ute sein, also nimmt sie das Telefonat entgegen.

„Hallo, hier spricht Rita Sommer."
Was Rita jetzt zu hören bekommt, klingt für sie völlig irre. Sie hört die Stimme von Magda, die außer sich ist.

„Rita, hier ist Magda. Du musst kommen. Hier ist Chaos. Eingebrochen. Alles kaputt und durchwühlt. Nichts ist mehr an seinem Platz. Ich halte das nicht aus. Es ist furchtbar. ..."

Rita versucht, ihren Redefluss zu stoppen.
„Magda, alles gut. Beruhige dich. Ich komme sofort zu dir. Ist außer dir noch jemand im Haus?"

Rita hört den schweren Atem von Magda, die jetzt nichts mehr sagt.

„Hörst du, Magda. Ist außer dir noch jemand im Haus oder bist du alleine?"

Magda stammelt: „Ich, ich bin alleine, ganz alleine hier. Niemand, niemand ist da. Es ist so schrecklich."

In diesem Moment hört Rita im Hintergrund Gepolter und Geräusche.

„Magda", schreit sie förmlich in den Hörer. „Bist du wirklich alleine im Haus?"

Magda antwortet ihr nicht mehr. Sie hört nur noch ein schweres Atmen. Rita ruft weiter in den Hörer, aber es antwortet niemand. Über ihr Handy hat sie schon den Notruf gewählt und gibt gerade Magdas Anschrift durch, als sie einen Schrei aus dem Hörer wahrnimmt. Das schrille Geräusch hat auch der Beamte der Leitstelle gehört, mit dem Rita über das Handy spricht. Er versichert ihr, dass ein Einsatzfahrzeug und ein Notarzt schon unterwegs sind. Rita kann jetzt nichts mehr ausrichten. Kurz entschlossen legt sie den Hörer auf. Während sie in ihre Schuhe schlüpft, greift sie nach ihrer Handtasche und ist schon auf dem Weg zum Carport. Sie startet den Motor und hält kurz inne. Ihr Herz klopft bis hoch zum Hals und sie merkt, wie ihr schlecht wird. Sie schließt die Augen, atmet tief durch und legt für einen Moment beide Hände auf das Lenkrad. Erst als die Hände mit zittern aufhören, öffnet sie die Augen, holt tief Luft und steuert ihren Volvo rückwärts vom Grundstück.

Sie ermahnt sich zur Ruhe. Nur so kann sie Magda helfen.

Vom Schwanenweg bis zur Goethestraße ist es keine so große Entfernung, aber durch den Feierabendverkehr ist der Verkehrsfluss sehr zäh. Rita ist im Allgemeinen eine sehr besonnene Fahrerin, aber der Gedanke daran, dass Magda Hilfe benötigt und sie jetzt in diesem beschissenen Verkehr feststeckt, bringen sie fast zum Ausrasten. Sie flucht und schimpft und kann sich gerade noch beherrschen, nicht auf die Hupe zu drücken. Endlich liegt die Hochbrücke hinter ihr und sie kann von der Dr.-Leber-Straße links in den Turnerweg einbiegen. Vom Turnplatz geht es gleich rechts in die Goethestraße. Dass hier Tempo dreißig ist, interessiert Rita in diesem Moment überhaupt nicht. Sie denkt nur an Magda.

Schon von weitem sieht sie in Höhe des Hauses von Magda Polizei und Krankenwagen stehen. Das beruhigt Rita etwas, obwohl sie kaum die Geschwindigkeit ihres Wagens drosselt.

Rita parkt ihren Volvo gleich hinter dem Polizeiwagen am Fußweg. Auf dem Weg zum Haus kommt ihr ein Polizeibeamter entgegen.

„Guten Tag. Ich bin Polizeiobermeister Gerber. Wer sind sie?"

„Ich bin Rita Sommer. Langjährige Bekannte von Frau Thomsen und Rechtsanwältin. Frau Thomsen hat mich vorhin angerufen und ich habe den Notruf informiert.".

„Gut. Aber ich kann sie da im Moment noch nicht reinlassen. Frau Thomsen wird noch medizinisch versorgt und wir warten auf die Kripo. Es sieht wie ein Einbruch aus, sodass wir erst alle Spuren sichern müssen."

Rita war sehr zerknirscht. Sie wollte zu Magda und wissen, wie es ihr geht. Außerdem ging ihr der Einbruch nicht aus dem Kopf.

Sie selber wird von einem fremden Mann bedroht und zeitgleich bricht jemand in das Haus von Paul Thomsen ein? Rita glaubt nicht an Zufälle. Und dieser hier stinkt zum Himmel. Aber das muss sie dem Beamten hier vor der Tür nicht erläutern. Das wäre vergebene Liebesmühe. Es bleibt ihr nichts anderes übrig, als zu warten.

Ganz entgegen dem, was sie sonst tut, läuft sie wie ein Tiger im Käfig die Auffahrt immer rauf und runter. Irgendwann erscheint ein Sanitäter in der Tür und fragt nach Rita Sommer.

„Ich bin hier", ruft Rita und hebt dabei die Hand. Der Sanitäter kommt auf sie zu.

„Hallo Frau Sommer. Ich bin Dr. Bilz und habe heute Bereitschaft. Gut das sie uns gleich verständigt haben und auch gekommen sind. Frau Thomsen geht es den Umständen entsprechend gut. Körperlich hat sie keinen Schaden genommen. Was seelisch passiert ist, da müssen sich meine Kollegen kümmern. Das Chaos was da im Haus herrscht, ist Sache der Polizei. Gehen sie ruhig rein, Frau Thomsen hat schon nach ihnen gefragt. Dass sie dort nichts anfassen, erübrigt sich ja von alleine."

Er lächelte Rita an und klopfte ihr im Vorbeigehen noch auf die Schulter.

Kapitel 24

Das Rita heute den Feierabend so früh eingeläutet hat, kam Ingo sehr recht. Er wollte sowieso noch mit einem Kumpel ein bisschen zusammen sitzen und über den bevorstehenden Urlaub quatschen.

Nachdem er das Büro verlassen hat, ist er erstmal nach Hause gegangen und hat sich frisch gemacht. Seine Zweizimmerwohnung in der Bademutterstraße hat er sich für seinen Geschmack gemütlich eingerichtet. Nur mit dem Vermieter gibt es regelmäßig Zoff. Der ist für Ingo`s Geschmack etwas schwerfällig und sitzt die Probleme gerne aus. Da kommt es schon mal vor, dass die Beleuchtung im Treppenhaus wochenlang nicht geht oder im Keller das Wasser steht und dadurch nichts gelagert werden kann. Aber auf Dauer wollte Ingo hier ohnehin nicht wohnen bleiben, also sieht er darüber hinweg.

Mit seinem Kumpel Johann trifft er sich regelmäßig. Nicht nur zum Sport, so wie heute. Für diesen Nachmittag haben sie sich vorgenommen, im Wonnemar schwimmen zu gehen.

Ingo packt seine Schwimmtasche zusammen und geht hinunter in den Hausflur. Da hat er sein Fahrrad angeschlossen, weil der Keller zu feucht ist und auf dem Hof gibt es keinen Schuppen zum Unterstellen. Das stört Ingo sehr, aber er hat noch keine geeignete Wohnung gefunden.

Seinen Freund Johann sieht er schon von weitem auf dem Parkplatz vor dem Wonnemar. Er ist etwas bequemer als Ingo und kommt meistens mit dem Auto.

„Na, deinen Drahtesel lässt du auch nie zu Hause?", so empfängt ihn Johann vor dem Wonnemar.

„Nein, natürlich nicht. Solltest du vielleicht auch mal probieren."

Ingo lacht. Er schließt sein Fahrrad an und hofft, wie jedes Mal, dass es nach seinem Besuch im Wonnemar noch da ist. Bisher wurde sein Fahrrad noch verschont, aber die Diebstähle haben in letzter Zeit wieder zugenommen. Das hält ihn nicht davon ab, trotzdem mit dem Rad zu fahren.

Sie kaufen sich eine Karte für zwei Stunden und verschwinden in den Umkleideräumen.

Kapitel 25

Rita betritt das Haus und traut ihren Augen nicht. Nichts ist mehr an seinem Platz und auf einem Stuhl am Fenster sitzt Magda mit vom Heulen dicken Augen. Neben ihr steht ein Sanitäter und kümmert sich um sie. Rita versucht zu lächeln, als sie sich Magda nähert, aber das wirkt angesichts der Situation doch sehr gequält. Sie geht inmitten dieses Chaos auf Magda zu und muss dabei auch an die Ereignisse des heutigen Tages denken, die ihr widerfahren sind. Magda steht auf und geht mit wackligen Beinen auf Rita zu.

„Hallo Magda", Rita nimmt sie vorsichtig in den Arm, sie wirkt so zerbrechlich.

„Wer tut mir nur so etwas Schreckliches an?", flüstert sie Rita ins Ohr.

Rita drückt sie noch fester an sich und kann ihr nicht antworten, sie hat einen Kloß im Hals. Sie blickt über Magdas Schulter zu dem Sanitäter, der ihr signalisiert, dass er jetzt das Haus verlassen wird. Rita nickt ihm nur stumm zu. Beide Frauen stehen noch einen Moment so da, bis Rita vorsichtig die Umarmung löst und Magda wieder in Richtung des Stuhles leitet.

„Setz dich wieder. Wir müssen warten, bis die Spurensicherung von der Polizei da ist. Lange kann es nicht mehr dauern."

Wortlos setzt sich Magda wieder auf den Stuhl am Fenster und ihr Blick schweift durch den Raum. Tränen steigen ihr abermals in die Augen und sie wischt sie sich mit dem Handrücken ab. Auch Rita muss schlucken, als sie sich das Chaos in dem Raum ansieht. Der Gedanke daran, dass hier Fremde eingedrungen sind und die persönlichen Gegenstände durchwühlt haben, lässt ihr einen kalten Schauer über den Rücken laufen.

Ritas Nähe scheint Magda gutzutun. Sie atmet ruhiger, ihr Gesicht entspannt sich etwas und auch ihre Körperhaltung wirkt nicht mehr so verkrampft. Rita schaut sich suchend nach einem Hocker oder einem Stuhl um. Da sie nirgends etwas Passendes entdecken kann und auch keine Spuren beeinträchtigen will, hockt sie sich einfach vor Magda auf den Boden. Sie hört das Knacken ihrer Knie und wird unwillkürlich an ihr Alter erinnert.

„Was ist passiert Magda. Wurdest du von dem Einbrecher überrascht? Hast du ihn noch gesehen?" Rita versucht so vorsichtig wie möglich, von Magda Informationen zu bekommen.

Magdas Atmung ist jetzt gleichmäßig und sie wirkt auf Rita wesentlich entspannter als bei ihrem Eintreffen.

„Ich war für drei Tage verreist. Habe meine Cousine in Hamburg besucht. Als ich heute

Nachmittag nach Hause gekommen bin, habe ich das hier so vorgefunden. Dann habe ich dich sofort angerufen. An mehr kann ich mich im Moment nicht erinnern."

Sie sieht Rita mit verzweifeltem Blick an.

Rita erhebt sich aus der Hocke und drückt ihr liebevoll die Schulter.

„Alles gut. Ich bin hier und helfe dir."

Sie lächelt Magda zu und massiert sich das linke Knie. Noch bevor Rita darüber nachdenken kann, mehr Informationen von Magda zu bekommen, geht die Tür auf und die Leute von der Spurensicherung betreten das Haus. Einer der Männer kommt auf sie zu.

„Guten Tag. Ich bin Kriminalkommissar Weber. Wir werden jetzt die Spuren sichern, dann kann Frau Thomsen alle Räume wieder betreten und hier aufräumen."

Nachdem er das gesagt hat und Magda angeschaut hat, wandte er sich wieder an Rita.

„So wie das hier aussieht, wird sie bestimmt Hilfe brauchen. Wie stehen sie zu Frau Thomsen?"

„Ich bin Rechtsanwältin und habe lange mit ihrem Mann, Paul Thomsen, zusammengearbeitet. Er hat sich vor kurzem das Leben genommen. Wir waren nicht nur Berufskollegen, wir hatten auch privat ein gutes Verhältnis. Ich werde Frau Thomsen so gut es unterstützen."

Er nickte und sah zu, wie seine Leute mit der Arbeit vorankamen.

„Sie sagten, Herr Thomsen hat sich das Leben genommen. Haben sie eine Ahnung, ob der Einbruch hier mit seinem Tod in Verbindung stehen könnte?"

Er sah Rita fragend an und ihr wurde in diesem Moment bewusst, dass ein Zusammenhang durchaus möglich wäre. Die Warnung, die sie und Ingo heute bekommen haben, war ziemlich eindeutig. Und dann der Einbruch hier bei Magda. Das kann doch alles kein Zufall sein.

Ritas nachdenkliches Schweigen hat den Kripobeamten misstrauisch gemacht.

„Gibt es da etwas, was sie mir sagen wollen?"

Rita ist unschlüssig und grübelt. Was soll sie ihm sagen. Alles was sie bisher über das ominöse Bauvorhaben wissen, muss nichts zu bedeuten haben. Auch warum Paul Informationen darüber gesammelt hat, ist bisher völlig zweifelhaft. Sogar der Besuch von Knut Peters muss nichts zu sagen haben. Das mit all diesen Dingen etwas nicht stimmt, ist ihr heute bewusst geworden, durch diesen Typen, der sie angesprochen hat. Aber wie soll sie das diesem Beamten erklären, der sie hinterher wahrscheinlich für völlig durchgeknallt hält. Alles, womit sie sich seit Pauls Tod beschäftigt hat, ergibt zurzeit überhaupt keinen Sinn und ein Außenstehender wird es mit Sicherheit für Hirngespinste halten.

Sie blickt ihn an und schüttelt nur den Kopf.

„Nein. Ich kann ihnen da leider nicht weiterhelfen."

In diesem Moment wandert Ritas Blick zu Magda. Sie nickt ihr stumm zu und lächelt.

Rita ist verwirrt. Weiß Magda doch mehr über den Einbruch, als sie zugibt?

Der Kripobeamte kümmert sich um die Arbeit seiner Leute, während Rita und Magda schweigend am Fenster stehen. Rita beobachtet Magda, die mit leerem Blick aus dem Fenster starrt. Schon bei ihrem letzten Besuch hatte Rita den Eindruck, dass Magda ihr etwas verschweigt. Die Situation heute macht das Ganze nicht besser. Was weiß Magda, was Rita nicht wissen soll?

Die Beamten räumen so langsam ihre Utensilien zusammen und scheinen mit der Spurensicherung fertig zu sein. Kriminalkommissar Weber wendet sich an Rita.

„Wir sind mit unserer Arbeit fertig. Frau Thomsen sollte sich für weitere Fragen von uns bitte zur Verfügung halten."

Er blickt Rita an und hält ihr seine Visitenkarte hin.

„Nur für den Fall, dass sie mir noch etwas mitteilen wollen."

Der Unterton in seiner Stimme ist für Rita nicht zu überhören. Sie ist hin und her gerissen, weil all das, womit sie sich in den letzten Wochen beschäftigt hat, für niemanden Sinn ergibt. Rita nimmt die Karte mit der rechten Hand und hält sie kurz nach oben.

„Danke. Sobald mir noch etwas einfällt, werde ich mich bei ihnen melden."

Sein lächelnder Blick verrät ihr, dass er ihr kein Wort glaubt. Sie verabschieden sich, die Beamten verlassen das Haus und es kehrt Ruhe ein.

Rita dreht sich zu Magda um. Noch bevor sie etwas sagen kann, beginnt Magda zu reden.

„Tu mir einen Gefallen. Stelle keine Recherchen an wegen dem Einbruch hier im Haus. Ich werde nachher zu meiner Nachbarin gehen. Da kann ich heute Nacht schlafen und morgen werde ich mit ihrer Hilfe hier wieder Ordnung machen."

Rita ist verblüfft, versucht aber dennoch Magda aus der Reserve zu locken.

„Hast du dich schonmal umgesehen. Ist eventuell etwas Wichtiges gestohlen worden? Was ist eigentlich mit dem Tresor im Schlafzimmer, von dem mir Paul erzählt hat?"

Während Rita das fragte, beobachtete sie Magda ganz genau. Erst die Frage nach dem Tresor im Schlafzimmer zeigte bei Magda eine Reaktion. Sie wurde etwas unruhig auf ihrem Stuhl.

„Der war schon seit Monaten leer. Paul war es schon lange zu unsicher hier im Haus. Er hat damals ein Schließfach in der Sparkasse angemietet."

Es sprudelte nur so aus Magda heraus, was ihr nun wohl doch unangenehm war. Sie verstummte plötzlich und hielt sich die Hand vor den Mund. Rita wurde hellhörig.

„Wie meinst du das?"

„Ach nichts", Magda winkte ab und wedelte mit der Hand umher, als könnte sie das Gesagte damit wieder vergessen machen. In Rita stieg langsam Wut auf.

„Magda. Bei meinem letzten Besuch bei dir sind wir schon sehr unschön auseinandergegangen. Ich werde das Gefühl nicht los, dass du mir etwas verschweigst. Nun dieser Einbruch hier in eurem Haus. Warum sprichst du nicht mit mir?"

Rita musste sich sehr beherrschen, um Magda nicht anzuschreien. Magda blickte wieder starr vor sich hin, ohne auch nur eine Regung zu zeigen. Rita sah sich um und nahm einen Stuhl aus der Sitzgruppe am Esstisch. Sie stellte ihn neben Magda und setzte sich.

Das Stehen die ganze Zeit hat sie sehr angestrengt und der Rücken tat ihr schon weh. Na ja, so langsam wirkt das Alter doch, dachte Rita. Sie unternahm noch einen Versuch, Magda zum Reden zu bringen.

„Du weißt das Paul und ich sehr gut zusammen gearbeitet haben. Wir haben beide nicht an Zufälle geglaubt und das hat uns oftmals zum Ziel geführt."

Rita machte eine kurze Pause und beobachtete Magda. Sie wurde wieder unruhig auf ihrem Stuhl.

„Sieh mich bitte an, Magda. Ich und auch mein Mitarbeiter wurden heute von einem fremden Mann angesprochen. Er bat uns, besser gesagt er forderte uns auf, alle Aktivitäten was Paul betrifft einzustellen. Er hat uns indirekt gedroht. Dann der Einbruch heute bei dir und deine abweisende

Haltung. All das macht mir langsam Angst. Bitte sprich mit mir."

Magda rutschte auf dem Stuhl hin und her. Sie drehte Rita den Rücken zu, aber an der Bewegung konnte Rita erkennen, dass Magda weinte. Rita strich von hinten beruhigend über Magdas Schulter.

„Was ist los, Magda? Wir haben doch immer über alles reden können. Ich weiß, der Tod eines geliebten Menschen hinterlässt eine Lücke und verändert auch das eigene Leben. Das ist normal. Aber das sind Dinge, die weißt du auch. Da erzähle ich dir nichts Neues. Mit der Trauer geht jeder anders um, da können Außenstehende nicht helfen. Warum vertraust du mir nicht, was ist los?"

Während Rita sprach, saß Magda regungslos da. Plötzlich drehte sich Magda um und sah Rita in die Augen.

„Tu uns beiden einen Gefallen und lass Paul in Frieden ruhen. Kümmere dich um deine Tochter und um deine eigenen Angelegenheiten."

Rita war geschockt von der Art, wie Magda mit ihr sprach. Sie konnte nichts erwidern. Ohne ein Wort zu sagen, erhob sie sich von dem Stuhl, stellte ihn wieder zu der Sitzgruppe am Esstisch und ging langsam Richtung Tür. Bevor sie das Haus verließ, schaute Rita noch einmal zurück zu Magda. Sie saß weinend auf dem Stuhl am Fenster. So wollte Rita nicht mit Magda auseinandergehen.

„Magda, wie kann ich dir helfen?"
Magda hielt inne und dreht sich zu Rita um.

„Geh bitte. Höre auf das, was dir der Mann heute gesagt hat. Dann wird alles gut."

Kapitel 26

Rita verlässt deprimiert das Haus und setzt sich in ihren Wagen. Die Anspannung nach dem Gespräch mit Magda lässt langsam nach und Rita blickt auf ihre zitternden Hände. Ihr war jetzt klar, dass Magda etwas verschweigt und auch der Einbruch heute kein Zufall gewesen ist. Ebenso wenig der Typ, der sie und Ingo heute angesprochen hat.

Rita startet den Motor und der Wagen rollt die Auffahrt hinunter in die Goethestraße. Die Fahrzeuge der Polizei sind längst verschwunden und es erinnert nichts mehr daran, was hier passiert ist.

Sie erreicht die Ausfahrt der Goethestraße und muss warten, bis sie freie Fahrt auf den Klußer Damm hat. Gedankenverloren schaut sie in den Rückspiegel und sieht, wie eine dunkle Limousine aus einer Parklücke fährt und in geringer Entfernung wieder hält. Nichtsahnend biegt sie nach links in den Klußer Damm ein, um gleich die nächste Straße wieder links in Richtung Dahlberg und Kanalstraße zu fahren. Ihr Blick ist auf die evangelische Schule Robert Lansemann gerichtet. Der Bau fasziniert sie jedes Mal, wenn sie hier vorbei fährt. Um diese

Uhrzeit ist die Straße leer und die Geschwindigkeitsbegrenzung im Bereich der Schule längst aufgehoben. Trotzdem fährt Rita nur mit Tempo dreißig durch diesen Bereich. Sie schaut in den Rückspiegel und nimmt wieder die schwarze Limousine wahr. Sie denkt sich nichts dabei und setzt ihre Fahrt wie gewohnt fort. Am Ende der Hochbrücke staut sich der Verkehr, wie immer in der Linksabbiegerspur. Auch die Bahnschranken im Bereich des Philosophenweges sind wieder geschlossen.

Rita stellt den Motor ihres Wagens aus und wartet, bis sie wieder freie Fahrt hat. In Gedanken ist sie bei Paul und Magda. Plötzlich wird ihr vor Schreck ganz heiß und sie muss an die Worte von Magda denken. - *Kümmere dich um deine Tochter und um deine eigenen Angelegenheiten.* - Wie soll sie das nur verstehen.

Der Verkehr geht weiter und Rita biegt vor dem Bahnübergang links ab in die Straße Schwarzkopfenhof. Die Strecke nach Hause findet sie schon blind, sodass ihre Gedanken jetzt bei Ute und dem morgigen Treffen mit ihrem Vater sind. Sie grübelt über all das nach, was in den letzten Tagen und Wochen so passiert ist. Durch die WhatsApp, die ihr Ex-Mann an Ute geschickt hat, gerät der Einbruch bei Magda und die Recherche über Pauls Tod bei Rita jetzt in diesem Moment in den Hintergrund. Sie ist gespannt, wie das Treffen morgen wird. Hoffentlich ist Ute hinterher nicht noch enttäuschter.

So mit diesen Gedanken biegt sie in den Schwanenweg ein und kann von weitem ihr Haus schon sehen. Ihr Blick gleitet über den Rückspiegel und sie erstarrt vor Schreck. Die schwarze Limousine fällt ihr wieder auf. Nachdem das Fahrzeug die Kurve passiert hat, wird es rechts am Straßenrand zum Stehen gebracht. Die Scheinwerfer werden ausgeschaltet und der Fahrer bleibt im Auto sitzen. Rita ist irritiert. Ist es tatsächlich möglich, dass mir da jemand bis hierher gefolgt ist? Rita schaudert es. Sie fährt in ihren Carport und bleibt im Fahrzeug sitzen. Zur Sicherheit kontrolliert sie die Zentralverriegelung und bewegt sich nicht. Ihre Atmung ist flach und ihr Blick auf den Rückspiegel gerichtet. Sie drückt sich so tief wie möglich in den Sitz. In dieser Position verharrt sie mehrere Minuten. Draußen ist keine Bewegung zu erkennen. So langsam schlägt ihr Herz wieder ruhiger und der Puls geht runter. Sie ist ehrlich zu sich selber. Sie hat Angst.

Rita atmet tief durch und öffnet die Wagentür. Vorsichtig um sich blickend geht sie Richtung Haustür. Den Schlüssel hat sie schon in der Hand und steckt ihn mit zitternden Fingern ins Schloss. Rasch zieht sie die Tür hinter sich zu und verriegelt diese. Instinktiv geht Rita ein paar Schritte von der Tür weg und lässt die Milchglasscheibe nicht aus den Augen. Entgegen ihren Befürchtungen bleibt

113

alles ruhig und es erscheint keine Person vor der Tür. Sie atmet erleichtert auf.

Es ist früher Abend und draußen noch taghell. Trotzdem schließt Rita alle Rollläden und setzt sich an den Küchentisch. Sie holt das Handy aus der Handtasche und ihr Blick fällt auf die Visitenkarte von Kriminalkommissar Weber, die in der Schutzhülle steckt. Nachdenklich legt Rita die Karte vor sich auf den Tisch und betrachtet sie.

Nach einer sehr unruhigen Nacht steht Rita zerknirscht am Morgen auf. Ihren Blick richtet sie als Erstes nach draußen auf die Straße, um sicherzugehen, dass die dunkle Limousine verschwunden ist. Weit und breit ist das Fahrzeug nicht zu sehen, worüber Rita sehr erleichtert ist.

Sie macht sich wie immer fertig, frühstückt und ist bereit für die Abfahrt zum Büro, als ihr Handy klingelt. Ein Blick auf das Display reicht und sie weiß, dass Ute sie sprechen möchte.

Rita greift zu ihrem Handy. „Guten Morgen Ute, ich hoffe, dir geht es gut."

„Ja, natürlich. Mach dir keine Sorgen. Alles ist in Ordnung."

Rita ist erleichtert, dann spricht Ute weiter.

„Weißt du, ich habe da nur ein Problem. Ich möchte mich für mein Leben gerne mit meinem Vater treffen, aber andererseits habe ich auch Angst vor diesem Wiedersehen."

Rita schloss verzweifelt die Augen. All ihre Befürchtungen was dieses Treffen betrifft, scheinen Wahrheit zu werden. Sie musste sich jetzt sehr zusammenreißen, um Ute die nötige Rückenstärkung zu gegen. Ihre eigene Unsicherheit überspielend, bemühte sich Rita um ein angenehmes Gespräch mit Ute. Von all den Ängsten die Rita gerade hatte, erwähnte sie gegenüber Ute kein Wort. Sie verabschiedeten sich und Rita gab Ute das Versprechen, sich gegen Mittag noch einmal bei ihr zu melden.

Nachdem Rita das Telefonat beendet hatte, musste sie sich setzen. Sie atmete tief ein und aus und verfluchte ihren Ex-Mann. Warum musste er sich wieder melden? Warum gerade jetzt?

„Guten Morgen Ingo."

Die Begrüßung von Rita wirkte auf Ingo sehr niedergeschlagen und müde. Er sieht sie skeptisch an.

„Ist alles in Ordnung mit dir?"

Sein Blick verriet ihr sofort, dass er wusste, dass etwas nicht stimmt.

Rita winkt resigniert ab und setzt sich an den Tisch.

„Du ahnst nicht, was gestern alles noch passiert ist."

Ingo zog die Augenbrauen hoch und sah Rita an, als wollte er sagen, dann erzähl es mir.

„Magda hat mich gestern am späten Nachmittag völlig aufgelöst angerufen. Bei ihr wurde eingebrochen und das ganze Haus war verwüstet. Ich bin sofort zu ihr gefahren. Dann haben wir uns unterhalten und sie hat mich sehr abweisend behandelt. Was mir zu denken gegeben hat, waren ihre Abschiedsworte: - *Tu uns beiden einen Gefallen und lass Paul in Frieden ruhen. Kümmere dich um deine Tochter und um deine eigenen Angelegenheiten.* -" , nachdem Rita das gesagt hatte, war Stille im Raum. Sie starrte auf die Tischplatte vor sich und sah sehr verzweifelt aus.

Ingo räusperte sich und zeigte auf die leeren Kaffeetassen. Rita versuchte zu lächeln und nickte ihm aufmunternd zu. Während er den Kaffee kochte, stand Rita im Türrahmen zu der kleinen Pantry-Küche und beobachtete ihn lächelnd. In diesem Moment wurde ihr Mal wieder bewusst, wie gut sie und Ingo arbeitsmäßig harmonierten.

„Was würde ich nur ohne dich machen, mein Büroalltag wäre öde und an wichtige Informationen käme ich auch nicht mehr ran."

Ingo musste lachen. „Na ja, nun übertreibe mal nicht. Deinen Kaffee könntest du dir auch alleine kochen und die Infos, na ja, manchmal ist es auch besser, wenn man nicht zu viel Einblick hat."

Er zwinkerte ihr freundschaftlich zu. Rita erwiderte das mit einem Schmunzeln.

„Nachdem Magda mich angerufen hatte, bin ich sofort zu ihr gefahren. Im Haus herrschte absolutes

Chaos. So etwas habe ich bisher noch nicht gesehen. Sie selber saß wie ein Häufchen Elend am Fenster und ein Sanitäter hat sich um sie gekümmert. Er ist dann sofort gegangen, als ich im Haus war und mich um Magda gekümmert habe."

Rita hielt kurz inne und wartete, bis Ingo die Kaffeetassen auf den Tisch gestellt hatte.

„Als ich dann später das Haus verließ, fiel mir eine schwarze Limousine auf. Erst als ich zu Hause unter meinen Carport gefahren bin, blieb sie an der Ecke vom Schwanenweg stehen. Ich bin eigentlich nicht so ängstlich, aber das kam mir doch komisch vor."

Sie sah Ingo an, der ihr gespannt zugehört hat.

„Da scheint dir wirklich jemand gefolgt zu sein. Kein Wunder, nachdem der Typ uns gedroht hat. Und dann noch der Einbruch bei Magda. Das passt alles zu gut zusammen."

Beide schwiegen und nippten an ihrem Kaffee. Plötzlich viel Rita ein, dass sie ihrer Tochter versprochen hatte, nochmal anzurufen. Sie wählte ihre Nummer und wartete.

„Hi, grüß dich. Ich wollte doch mein Versprechen einlösen und dich anrufen", versuchte Rita scherzen. Sie wusste, dass Ute sehr aufgeregt und nervös war. Aber diese Anspannung konnte Rita ihr auch nicht nehmen. Das Gespräch war nur kurz und Rita danach auch nicht beruhigter als vorher. Sie versuchte, den Gedanken daran beiseitezuschieben, und sprach mit Ingo weiter über den Einbruch bei Magda.

„Ich wollte von Magda wissen, ob ihr schon aufgefallen ist, was eventuell gestohlen worden sein könnte. In diesem Zusammenhang habe ich sie nach dem Tresor im Schlafzimmer gefragt, von dem mir Paul mal erzählt hat. Wenn ich ihn richtig verstanden habe, hat er dort wichtige Dokumente aufbewahrt. Auf meine Frage wurde Magda ganz aufgeregt und meinte, er habe in der Sparkasse ein Schließfach gemietet, weil ihm der Tresor zu unsicher erschien."

Ingo musste schmunzeln. „Und jetzt möchtest du natürlich wissen, um was für wichtige Papiere es sich da handeln könnte, richtig?"

Rita wiegte den Kopf leicht hin und her. „Interessant wäre das schon, aber da haben wir leider keine Chance, schade."

Kapitel 27

Noch bis zum Nachmittag grübelt Ute, ob es richtig ist, was sie macht. Die Telefonate mit ihrer Mutter haben ihr gutgetan. Dennoch liegt die Entscheidung ganz allein bei ihr. Nervös schaut sie immer wieder auf die Uhr. Es ist halb vier. Sie gibt sich einen Ruck und öffnet die Wagentür.

Ihr Auto hat sie in der Breiten Straße geparkt und den Parkschein ordnungsgemäß hinter die Windschutzscheibe gelegt. Sie versucht, so ruhig wie möglich die Straße entlang zu schlendern. Am liebsten würde sie rennen, so nervös ist sie.

Wenn sie sonst bei Ballentin, an der Ecke Bohrstraße, gerne ihr frisches Obst und Gemüse kauft, widmet sie dem kleinen Krämerladen heute keinen Blick. In Gedanken an das bevorstehende Treffen mit ihrem Vater kann sie im Moment an nichts anderes denken.

Nach ein paar Gehminuten ist Ute an der Frischen Grube und biegt rechts in den Fußweg ein. Die Kirche St. Nikolai ist hier schon zu sehen und mit jedem Meter den sie weiter geht, kommt die Kirche mehr und mehr zum Vorschein. Sie überquert die Frische Grube an einer der kleinen Brücken und ihr Blick ist automatisch auf die Kirche gerichtet.

Das Wetter ist heute schön und an Besuchern mangelt es auf dem Kirchenvorplatz und in der Kirche nicht. Ute sucht sich eine freie Bank und setzt sich. Sie schaut auf die Uhr. Von der Breiten Straße bis hierher hat sie nur acht Minuten gebraucht. Also ist noch genug Zeit bis zum Treffen um sechzehn Uhr.

Sie sitzt auf der Bank und schaut an der Kirche hinauf. In Gedanken ist sie bei ihrem Vater. Sie denkt zurück an ihre Kindheit und an die Zeit, als sie mit beiden Elternteilen glücklich war. Wehmut kommt in ihr auf. In Gedanken sieht Ute sich mit

119

ihren Eltern noch am Ostseestrand spazieren gehen und ihr Vater hat immer Muscheln mit ihr gesammelt. Daraus haben sie dann ihre Namen gelegt oder Figuren in den Sand gedrückt. Wenn dann nach der ersten Welle der Ostsee wieder alles verschwunden war, haben sie herzhaft gelacht. Auch ist ihr Vater oft mit ihr auf dem Spielplatz gewesen und hat genau wie ihre Mutter, sehr viel mit ihr gebastelt. Bei dem Gedanken an die Würfelspiele in der Kindheit muss Ute jetzt sogar lächeln.

Trotz des schönen Wetters läuft Ute urplötzlich ein kalter Schauer über den Rücken. Sie ist sofort wieder im Hier und Jetzt. Der Blick auf ihre Uhr macht sie noch nervöser. Es ist drei Minuten vor vier. Normalerweise müsste ihr Vater also schon hier sein.

Komischerweise ist sie mit einem Mal völlig ruhig und entspannt. Sie sitzt auf der Bank und lässt ihren Blick über den Kirchplatz schweifen. Ob sie ihn nach all den Jahren auch erkennen wird? Die Glocken des Kirchturms schlagen viermal.

Es ist sechzehn Uhr und Ute beobachtet die Menschen vor der Kirche sehr genau. Einige Leute kann sie mit Sicherheit als Touristen einordnen. Andere dagegen sehen für sie mehr wie Geschäftsleute aus. Anzug, weißes Hemd, Jackett und Sonnenbrille. Sie trommelt nervös mit den Fingern auf die Holzplatte der Bank, auf der sie sitzt. Die Minuten verstreichen und es passiert nichts. Sie befürchtet, dass ihr Vater nicht zum vereinbarten Termin kommt.

Ute schaut sich unruhig um. Sie wird das Gefühl nicht los, beobachtet zu werden. Warum, denkt sie sich.

Wenn du hier bist, dann komm doch bitte zu mir. In diesem Moment merkt sie erst, wie verzweifelt sie doch ist und sich im Inneren nach ihrem Vater sehnt. Sie denkt an das Telefonat vor ein paar Wochen und an die WhatsApp und merkt, dass ihr das nicht egal gewesen ist. Sie möchte ihn gerne wiedersehen und die Erinnerungen an ihre Kindheit, sie sind alle schön. Umso mehr konnten es Ute und ihre Mutter nicht verstehen, warum er so plötzlich verschwunden ist.

Ute seufzt leise vor sich hin und schaut auf die Uhr. Es ist jetzt fünfzehn Minuten nach vier und nichts, rein gar nichts hat sich hier getan. Sie ist sich jetzt sicher, heute wird er nicht mehr kommen. Ihr Blick gleitet am Kirchturm hoch und sie versucht, die aufkommenden Tränen zu unterdrücken.

Warum, warum fragt sie sich, tut er uns das immer wieder an. Damals ist er ohne ein Wort zu sagen verschwunden und heute? Er will sich mit mir treffen und dann das. Ute ist enttäuscht und frustriert. Sie hatte sich doch im Stillen so viel von dem Treffen erhofft.

Sie lässt ihren Blick ein letztes Mal über den Kirchhof schweifen und steht von der Bank auf. Das die Herren mit weißem Hemd und Jackett mittlerweile zusammen stehen und schwatzen, nimmt Ute nicht mehr wahr.

Kapitel 28

Den Weg vom Nikolaikirchhof zur Breiten Straße nimmt Ute nur im Unterbewusstsein wahr. Sie kämpft gegen die Tränen und den Frust an, der sich in ihr breitmacht. Voller Hoffnung ist sie zu dem Treffpunkt heute gegangen und wurde wieder zutiefst enttäuscht.

Völlig in Gedanken öffnet Ute die Wagentür und setzt sich auf den Fahrersitz. Erst jetzt merkt sie, dass ihr Tränen über die Wangen laufen und ihre Hände zittern. Sie greift in die Handtasche und holt eine Packung Tempos raus. Nervös zerrt sie ein Tuch aus der Verpackung und wischt sich das Gesicht trocken. Zu der Enttäuschung kommt jetzt noch der Schmerz, den sie empfindet, den die Trennung vom Vater ausgelöst hat. Von wegen die Zeit heilt die Wunden, davon hält Ute gar nichts.

Sie holt tief Luft, startet den Motor und fährt los. Jetzt alleine zu Hause sitzen, kommt für Ute nicht in Frage. Sie fährt zu ihrer Mutter. Um diese Uhrzeit müsste sie schon zu Hause sein.

Ute biegt in den Schwanenweg ein und sieht das Auto ihrer Mutter im Carport stehen. Das beruhigt sie sehr. Sie stellt ihren Wagen genau hinter den grauen Volvo und steigt aus.

Rita hat ihre Tochter vorfahren sehen und steht schon in der Tür. Da Ute bereits so kurz nach vier bei Rita erscheint, ist ihr klar, dass es mit dem Treffen nichts geworden ist. Ihre ganze Sorge und Aufmerksamkeit gilt jetzt Ute. Nicht nur aufgrund des geplatzten Treffens mit ihrem Vater, sondern auch, weil am Ende des Schwanenweges wieder eine dunkle Limousine am Straßenrand parkt. Ob es sich um das gleiche Fahrzeug handelt, weiß Rita nicht. Aber auf alle Fälle steht der sonst nicht dort, und nun schon den zweiten Tag infolge. Das macht ihr Sorgen.

Ute und Rita begrüßen sich wortlos und Rita deutet Ute an, ins Haus zu kommen. Noch im Flur bricht es aus Ute heraus und sie fängt hemmungslos mit Heulen an.

„Ich kann es einfach nicht glauben. Nach all den Jahren will er sich mit mir treffen und erscheint nicht. Wie eine Blöde sitze ich da vor dieser Kirche rum und warte. Aber nichts passiert, niemand erscheint." Sie brüllt all diese Sätze förmlich aus sich heraus und kann vor Schluchzen kaum noch sprechen.

Rita nimmt ihre Tochter in den Arm, sie muss selber mit den Tränen kämpfen. Dennoch schiebt sie Ute Richtung Wohnzimmer und schafft es, ihre zitternde und heulende Tochter auf die Couch zu setzen. Jetzt kann sie Ute richtig in den Arm nehmen und drückt sie an sich. Ute lässt es mit sich geschehen und presst sich fest an ihre Mutter. Beide verharren so minutenlang, bis sich Ute wieder beruhigt hat.

„Er ist ein Idiot. Ich hätte nie gedacht, dass ich einmal so über meinen Vater reden würde. Zu gerne hätte ich ihn wiedergesehen."

Traurig schaut sie ihre Mutter an. Rita ist nicht in der Lage, ihrer Tochter darauf eine Antwort zu geben. Zu sehr trifft sie der Schmerz, den Ute jetzt durchmachen muss. Außerdem kreisen ihre Gedanken um die dunkle Limousine in der Straße und um den Einbruch bei Magda. Auch Magdas Worte haben bei Rita ihre Wirkung nicht verfehlt. Ute entgeht nicht, dass ihre Mutter grübelt.

„Was ist los? Es doch nicht nur das geplatzte Treffen mit meinem Vater, dich beschäftigt doch noch etwas anderes."

Rita möcht ihre Tochter nicht unnötig beunruhigen. Von ihrer Sorge wegen dem Fahrzeug und der Warnung von dem unbekannten Mann wird sie ihr lieber nichts erzählen.

„Bei Magda wurde gestern eingebrochen. Sie hat mich angerufen und gebeten zu kommen. Als ich dann bei ihr war, gab es ein paar unschöne Szenen. Ich werde das Gefühl nicht los, das mir Magda bezüglich des Todes von Paul einiges verschweigt. Sie reagiert bei dem Thema immer sehr gereizt."

Ute schaut sie verständnislos an.

„Das verstehe ich nicht. Ihr habt euch doch immer

prima verstanden und was soll mit dem Tod von Paul nicht stimmen? Sicherlich ist es furchtbar, dass er sich das Leben genommen hat, aber er wollte das so und das muss man dann leider auch akzeptieren. Vielleicht kommt dir das auch nur so vor, dass Magda anders ist. Denn es ist doch normal, dass sich die Menschen verändern, wenn sie den geliebten Partner verlieren."

Zu gerne möchte Rita den Worten ihrer Tochter Glauben schenken. Die bisherigen Tatsachen, was diese Sache betrifft, lassen das aber für Rita nicht zu. Leise seufzend steht sie auf und versucht zu scherzen.

„Wenn das alles so einfach wäre, dann könnte ich meinen Job bald an den Nagel hängen."

Ute schaut ihrer Mutter in die Augen und sie weiß, dass sie Sorgen hat.

„Komm", Rita winkt ihrer Tochter zu. „Wir gehen in die Küche, machen uns ein paar Stullen und genießen ein frühes Abendbrot. Dann können wir in aller Ruhe schwatzen." Sie strahlt ihre Tochter an.

„Prima Idee, ich habe auch einen Mordshunger. Zum Mittag konnte ich keinen Bissen runterkriegen."

Das hat Rita sich schon fast gedacht, aber nichts gesagt. Während Rita Brot abschneidet und den Aufschnitt aus dem Kühlschrank holt, schaut Ute gedankenverloren aus dem Fenster.

„Noch nicht mal eine WhatsApp hat er zu seiner Entschuldigung geschickt."

Rita steht mit dem Rücken zu Ute, schließt für ein paar Sekunden die Augen und hält sich an der Arbeitsplatte fest. Sie weiß, wie sehr ihre Tochter jetzt leidet. Auch an ihr geht all das nicht spurlos vorüber.

Mit dem Teller in der Hand voller Schnittchen dreht sich Rita wieder um und stellt ihn auf den Tisch.

„Ja du hast Recht, er hätte sich wenigstens melden können. Immerhin kam der Vorschlag zu dem Treffen auch von ihm."

Rita sieht Ute verständnisvoll an, schiebt den Teller mit den Broten weiter in ihre Richtung und lächelt.

„Na los, hau rein. Nicht das du mir noch vom Fleisch fällst." Rita nickt Ute aufmunternd zu.

Sie erwidert ihr Lächeln und macht sich strahlend über das Essen her.

Beide essen genüsslich und Reden über alles Mögliche, nur nicht mehr über ihren Vater. Sie müssen lachen, als beide den leeren Teller anstarren.

„Ich habe da noch eine Idee", platzt es aus Rita raus. Ute muss sich das Lachen verkneifen.

„Na da bin ich aber gespannt. So manche Idee von dir ist in den letzten Jahren manchmal so richtig in die Hose gegangen."

Beide können sich vor Lachen nicht mehr halten.

„Nein, nein. Diesmal ist es wirklich etwas Schönes."

Rita steht auf, geht zum Eisschrank und hält ein paar Sekunden später triumphierend Utes Lieblingseis in der Hand.

„Oh ja, das ist natürlich wirklich prima."
Ute greift sofort zu und sie lassen sich das Eis schmecken. Während sie ihren Nachtisch genießen, schweift Ritas Blick aus dem Fenster auf die Straße. Sie sieht gerade noch, wie die schwarze Limousine wendet und um die Kurve verschwindet. Einerseits ist sie erleichtert, dass das Fahrzeug weg ist, andererseits bleibt die Frage, warum es überhaupt da war.

„Ich bin so vollgefressen, das ich wahrscheinlich gleich platze." Utes Worte reißen Rita aus ihren Gedanken. Sie greift sich an ihren Bauch und pustet. „Willkommen im Club."

„So, nun habe ich deinen Kühlschrank geplündert, bin satt und kann wieder nach Hause fahren." Ute sieht ihre Mutter an.

„Okay, ich gehe davon aus, dass es dir wieder besser geht und du zu Hause alleine klar kommst?"

Rita schaut Ute fragend an. Sie lächelt und nickt. „Mach dir keine Sorgen. Mit einem vollen Magen und ausreichend Kalorien sind alle schlechten Gedanken weg."

Jetzt strahlt sie über das ganze Gesicht und drückt ihre Mutter liebevoll.

Rita bringt Ute nach draußen zu ihrem Auto und winkt ihr noch hinterher. Sie bleibt noch so lange in der Tür stehen, bis der Wagen um die Kurve verschwunden ist.

Genau wie vorhin die dunkle Limousine, denkt Rita und ihr Gesicht verfinstert sich.

Kapitel 29

Nach einer schlechten Nacht ist Rita am nächsten Morgen sehr früh im Büro. Immer wenn sie wach im Bett lag, musste sie an ihren Ex-Mann denken und die Wut über das, was er Ute gestern angetan hat, wurde immer größer.

Sie holt die Post aus dem Briefkasten, schaut die Umschläge flüchtig durch und legt sie auf ihren Schreibtisch. In der kleinen Pantry-Küche bereitet sie die Kaffeetassen vor, denn Ingo wird sicherlich gleich erscheinen. Ein Klopfen an der Tür schreckt sie ein wenig auf, denn Ingo klopft nicht an, er kommt so rein.

Neugierig verlässt sie die Küche und geht zu ihrem Schreibtisch. Es klopft wieder und sie antwortet: „Ja bitte".

Die Tür wird geöffnet und zwei Männer treten ein. Rita muss nicht lange überlegen, um genau zu wissen, dass sie einen der beiden schon gesehen hat. Der Mann, der als letzter ihr Büro betritt, ist genau der, der sie mittags angesprochen hat. Er merkt, dass

Rita ihn wiedererkannt hat. Durch seinen Blick und ein kaum wahrnehmbares Schütteln des Kopfes macht er ihr ohne Worte deutlich, dass sie nichts davon erwähnen soll. Rita signalisiert ihm durch ihre Mimik, dass sie ihn verstanden hat. Innerlich ist Rita völlig aufgebracht. So ruhig und freundlich wie möglich empfängt sie die beiden Herren.

„Guten Morgen, was kann ich für sie tun."
Noch bevor sie antworten können, geht die Tür auf und Ingo erscheint. Ihm geht es genauso wie vorher Rita. Er starrt den einen der beiden an und erkennt ihn auch sofort wieder. Sein Blick wandert blitzschnell zu Rita, die ihm mit ihren Augen klar macht, dass alles in Ordnung ist.

„Mein Name ist Krüger, das ist Herr Wilhelm. Wir müssen dringend mit ihnen Reden."

Aha, denkt Rita. Der unangenehme Mensch von neulich heißt also Wilhelm. Zu den beiden gewandt sagt sie nur: „Bitte, setzen sie sich", und zeigt auf die Stühle vor ihrem Schreibtisch. Sie setzen sich und Rita hat den Eindruck, dass sich der Herr Wilhelm nicht so richtig wohl in seiner Haut fühlt.

Der, der sich mit Krüger vorgestellt hat, greift in seine Jacketttasche und reicht Rita eine Visitenkarte. Sie nimmt die Karte in die Hand und stößt einen leisen Pfiff aus. Ihre Augen sind sofort auf Herrn Wilhelm gerichtet, der sie mit einem alles vernichtenden Blick anstarrt. Sie muss trotz der grotesken Situation lächeln und reicht Ingo die

Karte. Ihre Blicke treffen sich, als Ingo liest, was darauf steht.

Die sauberen Herren sind also vom Bundesnachrichtendienst. Rita und Ingo sind nun sehr gespannt, worüber die beiden mit ihnen reden wollen.

Herr Krüger räuspert sich.

„Wir wissen, dass sie vor kurzem ihren langjährigen Berufskollegen Paul Thomsen verloren haben. Auch uns geht sein Freitod nah."

Rita dachte, sie hört nicht richtig. Was hat der BND mit Paul Thomsen bzw. Paul mit dem BND zu tun.

„Uns sind ihre Recherchen hinsichtlich der Person von Knut Peters und dem Bauvorhaben in Dammhusen nicht verborgen geblieben. Aus ermittlungstechnischen Gründen können wir ihnen leider nicht allzu viele Informationen geben. Aber sie können uns glauben, Herr Peters ist einer der übelsten Verbrecher, die sie sich nur vorstellen können. Sich mit ihm anzulegen oder ihm in die Quere zu kommen, kann für sie sehr schnell tragisch enden. Daher möchten und müssen wir sie bitten, jegliche Aktivitäten in dieser Richtung einzustellen."

Rita sah schweigend von einem zum anderen. So schnell wollte sie sich noch nicht geschlagen geben.

„Wenn sie so gut über meine Arbeit Bescheid wissen, dann können sie mir ja sicherlich sagen, warum Paul Thomsen so sehr an dem Bauvorhaben und Herrn Peters interessiert war."

Herr Wilhelm schwieg beharrlich und Herr Krüger versuchte Rita eine plausible Erklärung zu geben.

„Wie schon erwähnt, können wir aus ermittlungstechnischen Gründen keine weiteren Erklärungen abgeben. Herr Peters hat jede Menge auf dem Kerbholz und wir recherchieren bereits seit Jahren, um ihn dingfest zu machen. Ihre Schnüffelei in dieser Richtung kann unsere gesamte Arbeit null und nichtig machen. Wir sind zu diesem Zeitpunkt kurz davor, ihn festzunehmen."

Das mit der Schnüffelei hätte er lieber nicht sagen sollen, schließlich hat Rita nur vorsichtig Informationen eingeholt, die auch jedem anderen Bürger zugänglich sein könnten.

„Welche Rolle spielte Paul Thomsen dabei?"
Rita lässt nicht locker, sie will es unbedingt wissen. Ihr Blick ist genau auf Herrn Krüger gerichtet. Er sieht sie an und Rita fühlt Kälte in sich aufsteigen. Die beiden Männer flößen ihr Angst ein.

„Herr Thomsen war in seiner Funktion als Rechtsanwalt vor ein paar Jahren in einem Fall involviert, in dessen Folge mehrere wichtige Mittelsmänner von Knut Peters festgenommen werden konnten. Leider ist uns Herr Peters damals entwischt. Daher kannte Herr Thomsen Knut Peters. Als dieser nun hier in Wismar im Zusammenhang mit dem Bauvorhaben auftauchte, hat Herr Thomsen anscheinend Informationen über ihn gesammelt. Warum er das gemacht hat und was er damit bezwecken wollte, dass können wir ihnen beim besten Willen nicht sagen. Wir hatten seit damals keinen Kontakt mehr mit ihm."

Rita war sich nicht sicher, ob sie ihm auch nur ein Wort glauben sollte, von dem, was er da erzählt hat. Sie sieht Herrn Wilhelm an, der seinen Blick sofort von ihr wendet. Warum hat er den Kontakt zu ihr und Ingo gesucht und wollte mit aller Macht verhindern, dass sie weitere Recherchen anstellen? Das macht doch alles keinen Sinn. Nein, Rita glaubte ihm nicht. Außerdem weiß sie durch Magda und Frau Neumann, dass Paul und Knut Peters wenigstens zweimal in letzter Zeit persönlichen Kontakt hatten, der immer in einer lautstarken Auseinandersetzung endete. Aber das muss sie den sauberen Herren hier nicht erklären, sie müssten es ja selber wissen. So langsam wird Rita sauer. Das Knut Peters ein unangenehmer Mensch ist weiß sie, aber wie das alles im Zusammenhang mit Paul zu sehen ist, kann sie noch nicht verstehen. Auch das, was der Typ ihr gerade alles erzählt, mag ja stimmen, aber hinter dem Namen Paul steht für Rita immer noch ein großes Fragezeichen. So kommen sie im Moment alle vier nicht weiter.

Das scheinen die beiden Herren wohl auch zu begreifen, denn Herr Krüger will offensichtlich das Gespräch jetzt beenden.

„Wir fordern sie hiermit auf, alle Aktivitäten in dieser Sache ruhen zu lassen. Sollten sie sich nicht daran halten, können wir nicht für ihre Sicherheit garantieren. Das sollte ihnen bewusst sein. Gerne Informieren wir sie zu gegebener Zeit, wie der Stand der Ermittlungen ist. Aber bis dahin sollten sie unseren Rat befolgen."

Dem gab es nichts mehr hinzuzufügen. Beide standen auf, verabschiedeten sich höflich und verließen das Büro.

Kapitel 30

Knut Peters lief wie ein Tiger im Käfig in seinem Büro hin und her. Er war sehr unzufrieden. So wie sich die Dinge in den letzten Tagen entwickelt haben, war es nicht geplant. Der Bau ging nur schleppend voran und der Zeitplan war nicht mehr zu halten. Daraufhin haben einige Immobilienmakler kalte Füße bekommen und wollen aus dem Projekt aussteigen. Das Geld was bisher geflossen ist, hat Knut aber längst in andere dunkle Kanäle fließen lassen, sodass er ihnen ihr Geld auch nicht zurückgeben kann. Von den Puffs ganz abgesehen, die den größten Teil der Scheine bekommen haben. Das Geschäft mit den osteuropäischen Mädchen läuft zurzeit auf Hochtouren. Er musste sogar noch zusätzlich Zuhälter organisieren, um den Zulauf an Frauen abfangen zu können. Einige der Frauen haben ihre Töchter mitgebracht. Das ist für ihn besonders lukrativ. Eines der Mädchen hat er sich für heute Abend bestellt und es wird ihm in knapp einer Stunde in sein Hotelzimmer im Hotel Stadt Hamburg gebracht.

Trotzdem ist er nicht in der Lage, die unangenehmen Gedanken beiseitezuschieben.

Seit sie Jan Winter in Hamburg auf dem Flugplatz bei der Einreise abgepasst haben, sitzt er auf dem Bau in Dammhusen in einem Kellerverlies fest. Er muss ihn so schnell wie möglich entsorgen. Für den Fall, dass der dummen Ziege von Rechtsanwältin noch jemand Glauben schenkt, könnte es für ihn eng werden. Wenn sie über die Stränge schießt, dann muss er ihr eine Lektion erteilen und ihre Tochter muss dran glauben. Aber er hofft, dass der Besuch von den Mitarbeitern des Bundesnachrichtendienstes Eindruck bei der Rechtsanwältin erlassen hat. Den Jungs vom BND traut er auch nicht immer über den Weg, aber irgendeinen Kompromiss muss er leider eingehen.

Seine besten Jungs sind damals vor vierzehn Jahren in den Knast gewandert, als diese groß angelegte Aktion durchgeführt wurde. Er selber ist nur knapp davon gekommen. Seit dieser Zeit besteht der Hass gegen Paul Thomsen und Jan Winter.

Er selber kann nur überleben, wenn beide Tod sind.

Das Vibrieren seines Handys reißt ihn aus seinen Rachegedanken. Der Zuhälter aus der Gerberstraße signalisiert ihm, dass im Hotel alles organisiert ist.

Er schaltet das Licht aus, schließt die Bürotür hinter sich ab und verlässt das Gebäude. Vor der Wasserkunst bleibt er stehen und saugt die frische Ostseeluft in seine Lunge. Das wird wohl das Einzige sein, was er nach der Zeit in Wismar vermissen wird, diese reine klare Ostseeluft.

Der Anblick der schönen Wasserkunst löst in ihm keinerlei Regung aus. Er geht einfach daran vorbei und betritt die Lobby des Hotels. An der Rezeption zeigt er seinen Hotelausweis und ihm wird sein Zimmerschlüssel ausgehändigt. Die paar Stufen bis zum ersten Stock, in dem sich sein Zimmer befindet, geht er über die Treppe. Auf dem langen Flur sieht er schon von weitem Ben stehen, der ihn immer mit den Mädels versorgt und auch ansonsten für alles Organisatorische zuständig ist. Er hat ein kleines Zimmer angemietet, welches sich in unmittelbarer Nähe von Knut befindet.

Ben erklärt ihm auf dem Flur kurz, dass die Mutter etwas schwierig ist, aber er das Problem über kurz oder lang lösen wird. Knut nickt nur kurz und betritt mit Ben das Zimmer.

Es ist ein Einzelzimmer und die Mutter sitzt mit ihrer Tochter auf der Bettkante. Knut registriert sofort, dass die Mutter gut aussieht und für seine Zwecke sehr gut zu gebrauchen ist. Wenn er mit ihrer Tochter fertig ist, kann er das von ihr dann nicht mehr sagen.

Er setzt sich lächelnd neben die junge Frau, links von ihr sitzt ihre Tochter und strahlt den Onkel an. Freundschaftlich legt er seinen Arm um die Schulter der jungen Frau. Sie zuckt leicht zusammen, lässt sich aber die Umarmung gefallen. Er lächelt in ihr ernstes Gesicht.

„Entspann dich, du siehst gut aus."
Während er das sagt, gleitet sein lüsterner Blick an ihrem Körper herunter. Sie versucht, sich aus seiner Umarmung zu befreien, aber seine Arme umschlingen sie wie die Greifarme einer Krake. Ihre Augen füllen sich mit Tränen.

„Nimm mich und lass meine Tochter in Ruhe."
Ihre Worte drangen flehend an sein Ohr und er lächelte nur. Wortlos und immer noch lächelnd, glitt seine Hand unter ihr Shirt und blieb auf ihren Brüsten liegen. Sie hielt spontan die Luft an und versuchte, ihn abzuwehren. Sein Griff um ihre Schultern war so fest, dass sie sich nicht wehren konnte. Nach und nach begann er ihre Brüste zu massieren und Ben kümmerte sich darum, dass ihre Tochter beschäftigt wurde.

Wie die Frau heißt, mit der er sich gerade abgibt, spielt für Knut keine Rolle. Das ist ihm völlig egal.

Das Mädchen wurde behutsam aus dem Zimmer gebracht und außer Knut und der Mutter befand sich nur noch Ben im Raum.

Nachdem das Mädchen aus dem Raum gebracht wurde, löste Knut die Umarmung der Frau und schlug ihr ohne Vorwarnung und Grund mit der flachen Hand ins Gesicht. Der Schlag war so heftig, dass sie hart auf dem Bett aufschlug und nur noch leise stöhnte. Ben sah ihn verwundert an.

„Was soll das, du kannst nicht alle umbringen, nur weil du Frust hast. Wir müssen vorsichtig sein. Die Bullen haben uns ohnehin schon im Visier. Irgendetwas läuft im Moment alles andere als nach Plan. Es ist bestimmt nicht nur diese blöde Tussi von Rechtsanwältin. Denk an den Einbruch bei der Witwe von Paul Thomsen, das sind nicht unsere Jungs gewesen. Da will uns noch jemand anderes in die Suppe spucken. Das sollte uns zu denken geben. Da musst du einen klaren Kopf haben."

Die Worte von Ben sind an Knut nur abgeprallt. Er braucht keine Drogen oder Alkohol. Er ist auch so genau auf dem Level, was er benötigt, um nicht mehr Herr seiner Sinne zu sein. Sein Blick ist noch einmal auf die junge Frau auf dem Bett gerichtet. Dann wendet er sich an Ben: „Bring mir das Mädchen."

Kapitel 31

Ingo und Rita saßen still auf ihren Stühlen und sahen sich an. So schnell wie die beiden erschienen sind, waren sie dann auch wieder verschwunden. Ingo schüttelt mit dem Kopf.

„Ich kann das alles nicht glauben. Da stimmt etwas nicht. Der Typ, der uns neulich angequatscht hat, sitzt jetzt hier im Büro, sagt keinen Mucks und ist beim BND. Das ist unglaublich."

Ingo ist so aufgebracht, wie ihn Rita noch nie erlebt hat.

„Ja, das kommt mir auch alles sehr komisch vor. Vor allem der Zusammenhang zwischen Knut Peters und Paul, da habe ich den Eindruck, dass sie uns etwas verschweigen und sich einfach nur rausgeredet haben."

Rita hat einen nachdenklichen Blick. Das entgeht Ingo nicht.

„Sag mal, wie ist es gestern eigentlich mit dem Treffen zwischen deiner Tochter und ihrem Vater gelaufen?"

Sie zieht die Augenbrauen hoch und atmet hörbar ein.

„Hör bloß auf. Ute hatte sich so viel von dem Treffen versprochen. Dann hat sie leider vergeblich gewartet. Er ist nicht erschienen und hat sich auch nicht mehr bei ihr gemeldet. Du kannst dir ja vorstellen, wie sauer und enttäuscht sie gewesen ist. Sie ist danach sofort zu mir nach Hause gekommen. Da war ich auch sehr froh. Was mir nur überhaupt nicht gefallen hat, am Ende der Straße parkte wieder eine dunkle Limousine. Irgendwann im Laufe des späten Nachmittags fuhr das Fahrzeug weg. Da mache ich mir so langsam doch etwas Sorgen."

Ingo runzelte die Stirn.

„Die ganze Angelegenheit wird immer komischer. Erst quatscht uns dieser Typ an, dann der Einbruch bei Magda, dir folgt offensichtlich jemand und heute erscheinen die zwei hier und weisen sich als Beamte vom BND aus. Da ist irgendetwas oberfaul."

Ingo geht an seinen Rechner und tippt wie verrückt auf die Tastatur. Rita schaut ihm verwundert zu und schüttelt nur mit dem Kopf.

„Was machst du da?"

Es dauerte ein paar Sekunden, bevor Ingo den Kopf hebt und ihr antwortet.

„Pass auf. Die Typen hier haben sich als Mitarbeiter vom BND ausgewiesen. Es ist doch durchaus möglich, dass es innerhalb der Firma noch ein paar Leute gibt, die ihr eigenes Süppchen kochen. Warum war der saubere Herr Wilhelm die ganze Zeit über so still. Ich kenne da jemanden, der sich in dem Metier gut auskennt, der kann mir vielleicht weiterhelfen. Zumindest wissen wir dann, ob die beiden wirklich dort angestellt sind oder ob man uns total linken will."

Rita schaut Ingo verblüfft an. So energisch hat sie ihn schon lange nicht mehr erlebt.

„Du weißt aber schon, dass du in einem Rechtsanwaltsbüro arbeitest und wir uns keiner dunklen Kanäle bedienen dürfen."

Rita sieht ihn an und schmunzelt. Ingo lässt sich von ihren Worten nicht im mindesten aus der Ruhe bringen und hämmert weiter auf der Tastatur umher. Erst als er mit allem fertig ist, legt er die Hände neben die Tastatur, strahlt den Bildschirm an und schaut zu Rita.

„Ja, natürlich. Ich arbeite bei der hartnäckigen Rechtsanwältin Rita Sommer, die sich bisher nie von irgendjemandem von ihrem Weg abbringen ließ und immer ihrer Spürnase gefolgt ist. Und das meistens mit Erfolg. Außerdem harmonieren wir immer, wenn es um Informationen geht, die wir eigentlich gar nicht bekommen sollen."

Ingo lehnt sich in seinem Bürostuhl zurück, wippt ein wenig provokatorisch mit der Lehne und beobachtet Rita grinsend. Er weiß genau, das gerade Rita nach dem Besuch der beiden Herren auf hundertachtzig ist und Wissen möchte, was hier gespielt wird. Ihr Gesicht entspannt sich und sie lächelt.

„Okay, du hast mich mal wieder erwischt", sie lacht ihn an. Etwas ernster spricht sie dann weiter.

„Aber du musst mir versprechen vorsichtig zu sein. Für den Fall das die beiden Typen die Wahrheit gesagt haben, wollen wir beide gewiss keinen Ärger mit Knut Peters haben. Wenn er wirklich so gefährlich ist, dann müssen wir auf der Hut sein."

Ingo hebt beschwichtigend die Hände.

„Mach dir keine Sorgen. Ich werde dich in nichts hineinziehen und was unsere Sicherheit betrifft, da bin ich sehr vorsichtig, das weißt du aber auch."

Rita nickte ihm zu. Ihr Blick fiel auf die Visitenkarte von Herrn Krüger, die auf der Tischplatte lag. Sie nahm die Karte in die Hand und spielte damit zwischen ihren Fingern.

„Irgendwie fühle ich mich verarscht und werde langsam richtig sauer. Auch wenn Paul vor Jahren mit einem Fall zu tun hatte, warum hat das jetzt so eine Relevanz, was seinen Tod angeht beziehungsweise warum war er so sehr an dem Bauvorhaben interessiert? Das passt irgendwie alles nicht zusammen. Es ergibt für mich noch keinen Sinn und keine plausible Erklärung."

Ingo nickt und seine Augen flackern auf, was Rita nicht entgeht.

„Na. Was heckst du jetzt schon wieder aus."

Er lächelt. „Lass uns zur Baustelle fahren. Wir können versuchen, mit dem Bauleiter kontakt aufzunehmen. Als Vorwand können wir einen Mandanten von dir nehmen, der beabsichtigt, sich dort einzumieten, und du möchtest einfach nur für ihn ein paar Informationen einholen. Dass der

Bauleiter dir dazu nichts sagen kann, wissen wir, aber immerhin können wir ihn damit in ein Gespräch verwickeln. Unter Umständen erfahren wir dadurch doch noch etwas mehr."

Ingo sieht Rita triumphierend an. Sie wiegt vorsichtig den Kopf hin und her und scheint noch unschlüssig zu sein. Die Worte von Krüger fallen ihr wieder ein: ... *können wir nicht für ihre Sicherheit garantieren.*

Rita ist sehr unschlüssig. Sie weiß, dass hier irgendetwas nicht stimmt, aber andererseits hat sie auch Angst. Magdas Worte gehen ihr nicht aus dem Kopf. Magda hat auch ihre Tochter erwähnt. Wenn es um Ute geht, dann kennt Rita nichts. Sie würde alles für ihr Kind geben.

Rita schaut auf die Uhr. Es ist gerade zehn Uhr.

„Okay. Aber wir verhalten uns sehr zurückhaltend und versuchen, nur ein paar Informationen zu bekommen."

Sie sieht Ingo an. Er zeigt ihr triumphierend den Daumen und greift zu seiner guten Kamera.

„Die bleibt hier", antwortet Rita energisch. „Wenn wir da auf der Baustelle erscheinen, ist es schon ungewöhnlich genug. Du dann noch mit der dicken Kamera, dann glaubt uns kein Mensch mehr unsere Geschichte die wir ihnen auftischen wollen."

Kapitel 32

Noch bevor Rita und Ingo das Büro verlassen, klingelt das Telefon. Rita nimmt das Gespräch entgegen und ist überrascht, Kriminalkommissar Weber am Apparat zu haben.

„Guten Tag, ich rufe nochmal an wegen dem Einbruch bei Frau Thomsen."

Er machte eine kurze Pause und Rita kam es so vor, als würde er ihr die Chance geben wollen, sich zu dem Einbruch zu äußern. Schließlich hatte er schon in Magdas Haus das Gefühl, das Rita ihm etwas verschweigt.

„Ich wollte sie nur fragen, ob ihnen vielleicht doch noch etwas eingefallen ist, was für uns wichtig wäre."

Rita ist wieder hin und her gerissen. Alles, was sie weiß, sind nur Vermutungen und nichts Handfestes, was beweisbar wäre.

„Da muss ich sie leider enttäuschen. Ich kann ihnen da nicht weiterhelfen."

„Falls ihnen noch etwas einfällt, sie haben ja meine Nummer. Trotzdem vielen Dank."

Er beendete das Telefonat und Rita gefiel das Ganze überhaupt nicht.

„Ob er weiß, dass die Typen vom BND hier waren? Ist doch echt komisch. Heute Morgen tauchen die hier auf und kurz danach ruft die Kripo an. So langsam traue ich überhaupt keinem mehr über den Weg."

Sie verlassen das Büro und gehen zum Parkhaus Fürstenhof. Ingo foppt Rita.

„Seit wann parkst du auf deinem Stellplatz und nicht am Marienkirchturm."

Rita lächelt nur und hat den Autoschlüssel schon in der Hand. Beim Betreten des Parkhauses wirft sie einen unruhigen Blick über die Schulter nach hinten. Das entgeht Ingo nicht. Er sieht seine Chefin ernst von der Seite an.

„Hast du jetzt schon Verfolgungswahn?"
Rita sagt nichts und nickt nur stumm.

Sie verlassen das Parkhaus in ihrem grauen Volvo und sind bereits auf der Schweriner Straße, als ihr Blick angstvoll auf den Rückspiegel gerichtet ist. Da ihr nichts Verdächtiges auffällt, entspannt sie sich wieder. Den Rest der Fahrt versucht Rita nicht darüber nachzudenken, ob ihr jemand folgt. Sie nähern sich der Baustelle hinter dem Mumpitz und suchen sich am Bauzaun einen Parkplatz.

Gleich links hinter dem Zaun steht der Bürocontainer, auf den sie zusteuern. Noch bevor sie die Tür erreichen, hören sie jemanden rufen.

„Hallo, sie da, wo wollen sie hin."
Rita und Ingo drehen sich um und sehen einen Mann

auf sich zukommen. Er hat eine Warnweste über dem Pulli, aber trägt keine Arbeitsklamotten. Rita wartet, bis er sie erreicht hat.

„Guten Tag. Ich bin Rita Sommer, Rechtsanwältin. Ein Mandant von mir ist interessiert an der Anmietung einer Gewerbeeinheit hier auf dem Areal. Ich soll für ihn den Kontakt herstellen und mich um die Ansprechpartner kümmern."

Rita hoffte, dass ihr Anliegen einigermaßen plausibel klang und der Mann ihr glaubte.

„Moin, ich bin der Bauleiter, Herr Hansen. Einen Augenblick, ich hole nur ein paar Unterlagen, dann kann ich ihnen die noch freien Gewerbeeinheiten zeigen."

Er verschwand im Bürocontainer und Ingo nickte Rita anerkennend zu. Gleichzeitig gab er Rita zu verstehen, dass er sich ein bisschen auf der Baustelle umsehen wird. Sie wollte ihn gerade daran hindern, als Herr Hansen mit ein paar Zeichnungen und einer Liste in der Hand schon wieder neben ihr stand. Aus dem Augenwinkel heraus sah Rita nur noch, wie Ingo hinter einem Gebäude verschwand.

Herr Hansen war so in seinem Element ihr alles zu erklären, dass ihm Ingos Verschwinden gar nicht auffiel. Rita ließ sich alles erzählen, warf hier und da mal eine Frage ein, die zum Thema passte, und zeigte Interesse. Sie versuchte, das Gespräch in Richtung der Investoren zu lenken, aber da blockte der Bauleiter ab und gab sich reserviert. Also war Rita dann sehr vorsichtig, sie wollte unter keinen

Umständen Misstrauen in ihm erwecken. Das Gespräch ging weiter um die Vermietungen und wie aus heiterem Himmel tauchte Ingo plötzlich wieder neben ihr auf, als wäre er gar nicht weggewesen.

Er wirkte sehr unruhig, was Rita dazu veranlasste, das Gespräch mit dem Bauleiter vorsichtig zu beenden. Sie bedankte sich für die ausführlichen Informationen und versicherte ihm, ihren Mandanten darüber in Kenntnis zu setzen. Freundlich verabschiedeten sie sich voneinander. Rita und Ingo gingen zum Auto, wo Ingo dann nicht mehr an sich halten konnte.

„Hier passiert heute noch irgendetwas Ungeplantes. Hinter diesem großen Gebäude." Ingo zeigt dabei auf das Gebäude, was sie rechts von sich sehen können. „Da Arbeiten sie gerade an einem kleinen Anbau, der noch im Rohbau ist. Ich konnte das Gespräch von zwei Monteuren hören. Der Kleinere von den beiden hat sich darüber aufgeregt, dass er heute Abend eine Fuhre Beton bereitstellen soll, obwohl das Fundament doch schon fertig ist. Soll eine Anweisung vom Polier gewesen sein und Fragen stellen durfte er dazu auch nicht. Ihm wurde gleich der Mund verboten. Darüber hat er sich natürlich furchtbar aufgeregt. Der andere hat ihm nur den guten Ratschlag gegeben die Füße still zu halten. Er drückte sich in etwa so aus: *halt lieber deinen Mund, hier auf der Baustelle ist schon genug Scheiße passiert.* Irgendetwas passiert da heute Nacht."

Ingo atmet aufgeregt und kann seinen Blick nicht von den Gebäuden der Baustelle wenden.

„Nun komm mal wieder runter", versucht Rita ihn zu besänftigen. „Das muss alles nichts zu sagen haben. Wir kennen keine Zusammenhänge und es kann alles Mögliche damit auf sich haben."

Ingo ist mit ihrer Antwort nicht zufrieden.

„Du hättest mal hören sollen, wie sich der Typ da aufgeregt hat. Das macht er doch nicht einfach nur so."

Rita schüttelt mit dem Kopf. „Red dir da bitte nichts ein, nur weil uns diese Baustelle hier sowieso nicht gefällt. Selbst wenn da heute irgendetwas läuft, dann kann es uns auch egal sein. Wir sind hier für nichts verantwortlich."

Rita merkt, dass Ingo sich damit nicht zufriedengeben will. Sie wirft den Motor an und fährt wieder zurück in die Stadt. Während der gesamten Fahrt reden sie kein Wort miteinander und Ingo ist sehr in Gedanken. Rita parkt jetzt auf dem Marienkirchplatz. Sie denkt, ein bisschen mehr frische Luft kann Ingo jetzt nur guttun.

Auch auf dem Weg zum Büro sprechen sie nicht miteinander, was schon sehr ungewöhnlich ist. Rita geht in die Kochecke und setzt Kaffeewasser auf, während Ingo sich an seinen Rechner setzt.

„Na das ist ja ein Ding", hört sie Ingo erstaunt sagen und streckt ihren Kopf um die Ecke. Rita sieht Ingo fragend an, der seinen Blick nicht von dem Bildschirm wenden kann.

„Mein Kumpel hat sich gemeldet und mir ein paar Infos zu den netten Herren vom BND zukommen lassen." Er kann sich ein Grinsen nicht verkneifen.

„Da bin ich aber gespannt." Rita stellt sich hinter Ingo und schaut ihm über die Schulter.

„Im Jahr 2007 wurde eine interne Ermittlergruppe gebildet, die sich um das organisierte Verbrechen kümmern sollte. Kopf der damaligen Gruppe war unser sauberer Herr Wilhelm. Ich glaube es einfach nicht. Sie waren damals tatsächlich hinter Knut Peters her. Er hat im großen Stil mit Immobilien gehandelt. Wenn es stimmt, was hier steht, brauchte er das Immobiliengeschäft nur zur Geldwäsche für die Schwarzgelder aus Zuhälterei und Drogengeschäften. Einige Auftragsmorde aus dem Milieu sollen auch auf sein Konto gehen."

Ingo scrollte den Text weiter hoch und wurde still beim Lesen. „Was ist?", fragte Rita.

„Komisch. Um Knut Peters überführen zu können, wurde damals ein Bauplanungsbüro hier in Wismar ins Visier genommen. So wie es aussieht, hat da ein Mitarbeiter anscheinend doppelt abkassiert. Einmal für Infos, die er an den BND weitergegeben hat, und außerdem soll er auch gemeinsame Sache mit Knut Peters gemacht haben. Eigenartig, der Name des Bauplanungsbüros ist in dem Bericht geschwärzt. In diesem Zusammenhang taucht hier das erste Mal der Name von Paul Thomsen auf."

Ingo schaut Rita an und schweigt.

„Dann würde das, was uns der Typ erzählt hat, ja doch stimmen", sagt Rita und bittet Ingo, weiter zu lesen.

„Viel mehr steht hier nicht. Mein Kumpel hat mir noch in der Mail geschrieben, dass eigenartigerweise die Informationen hier abrupt aufhören. Von hier an muss es wohl noch mehr als geheim gewesen sein. Was er nur noch herauskriegen konnte, war, dass es irgendeinen Deal zwischen dem Bundesnachrichtendienst und dem Bauplanungsbüro gegeben haben soll, in dem Paul Thomsen vermittelt hat. Danach erscheint hier rein gar nichts mehr."

Ingo schweigt und Rita kann nicht so richtig fassen, was sie da eben gehört hat.

„Paul, Paul, Paul. In was für einer Scheiße hast du damals nur gesteckt. Was für ein Wirrwarr, und wir haben keine Chance, herauszukriegen, was passiert ist. Die Leute vom BND werden uns nichts sagen und Paul ist Tod."

Rita fällt wieder ein, dass sie vorhin einen Kaffee kochen wollte, bevor Ingo mit dem Lesen der Mail begonnen hat. Sie geht in die Pantryküche und kommt mit zwei Tassen dampfenden Kaffee wieder zurück. Sie setzt sich an ihren Schreibtisch und schaut ins Leere, während Ingo auf seinen Bildschirm starrt.

„Weißt du Ingo, so langsam bin ich doch davon überzeugt, dass Paul sterben wollte und alles mit rechten Dingen zugegangen ist. Wer weiß, was ihn aus der Zeit von damals bedrückt hat, womit er nicht mehr leben konnte. Ich glaube, wir sollten tatsächlich alles vergessen und ihn in Frieden ruhen lassen." Rita sieht Ingo an. Er macht ein unzufriedenes Gesicht.

„Ich weiß nicht. Vielleicht hast du Recht, aber wir dürfen nicht vergessen, die Leute vom BND tauchen hier auf. Bei Magda wird eingebrochen und sie verhält sich äußerst merkwürdig dir gegenüber. Außerdem ist dir offensichtlich jemand gefolgt und Paul hatte vor seinem Tod noch Kontakt mit Knut Peters, der immer mit einer Auseinandersetzung endete. Interessiert dich jetzt wirklich nicht mehr, warum das alles so ist? Diese komische Mail die Frau Neumann dir gezeigt hat, die Paul Thomsen von jemandem bekommen hat, der offensichtlich auch mit der Sache etwas zu tun hatte. Wie auch immer."

Ingo hat jetzt nochmal alles in die Waagschale geworfen, was ihm eingefallen ist. Er kann überhaupt nicht verstehen, warum seine Chefin jetzt, gerade jetzt einen Rückzieher machen will. Es scheint, als wenn Rita seine Gedanken lesen kann.

„Ich kann es dir nicht erklären. Es ist irgendwie ein Gefühl. Der Bericht, den du da von deinem Kumpel bekommen hast, der macht mich nachdenklich. Es scheinen damals ja hochrangige Leute involviert gewesen zu sein. Alles lief unter höchster Geheimhaltung ab und der Bericht endet abrupt. Irgendetwas muss damals passiert sein.

Vielleicht ist das Ganze doch eine Nummer zu groß für uns und wir könnten uns die Finger verbrennen."

Rita machte eine kurze Pause, dann sprach sie traurig weiter.

„Paul macht das auch nicht wieder lebendig. Wer weiß, was wir herausfinden, wenn wir weiter in der Sache umherbohren. Vielleicht zerstört es dann das positive Bild, was wir von Paul haben und wir bereuen, das getan zu haben."

Ritas leerer und erschöpfter Blick traf den von Ingo, der alles andere als niedergeschlagen und erschöpft wirkte. Er wollte ihr nicht zu nahe treten, schließlich ist sie seine Chefin. Aber einen kleinen Versuch unternahm er noch.

„Aber das an der ganzen Sache irgendetwas nicht stimmt, da musst du mir doch aber Recht geben?"

Rita lächelte. „Ja, natürlich. Aber vielleicht ist es besser, es nicht zu wissen. Lass uns einfach eine Nacht darüber schlafen und wir reden morgen nochmal drüber. Vielleicht bin ich zurzeit auch nur schlecht drauf. Die Sache mit meiner Tochter macht mir zurzeit auch etwas zu schaffen. Wahrscheinlich brauche ich nur mal ein paar Tage Abstand von all dem. Dann sehe ich es sicherlich wieder aus einer ganz anderen Perspektive."

Mit der Antwort konnte Ingo gut leben. So wie er Rita kannte, will sie das Ganze bestimmt nicht auf halber Strecke fallen lassen. So ist sie noch nie gewesen.

„Lass uns für heute einfach Feierabend machen. Wir bekommen Abstand und das verschafft uns einen klaren Kopf."

Da musste Ingo ihr Recht geben. Sie tranken schweigend ihren Kaffee aus und verabschiedeten sich bis zum nächsten Morgen.

Kapitel 33

Nachdem Ingo das Büro verlassen hatte, saß Rita noch still an ihrem Schreibtisch und ihr Blick war ins Leere gerichtet. Sie dachte über die Zeit nach, als sie das erste Mal Kontakt mit Paul hatte.

Vor acht Jahren sind sie sich damals im Verwaltungsgericht Schwerin begegnet. Eine Firma klagte wegen Namensgleichheit und der Fall war ziemlich eindeutig. Sie sind sich im Vorfeld der Verhandlungen begegnet und haben sachlich über alle Verhandlungspunkte gesprochen.

Dass sich daraus mal eine so intensive Zusammenarbeit und eine persönliche Beziehung entwickeln könnte, haben beide nicht geahnt. Im Anschluss an diese gemeinsame Verhandlung folgten in Wismar noch viele, an denen sie gemeinsam beteiligt waren.

Daraus entwickelte sich über die Zeit ein freundschaftliches Verhältnis zwischen den beiden, in deren Folge Paul Rita zu sich nach Hause einlud, damit sie auch seine Frau Magda kennenlernen konnte.

Die beiden Frauen waren sich sofort sympathisch. Es folgten viele schöne Nachmittage und Abende, die sie gemeinsam bei Paul und Magda im Wintergarten verbrachten. Trotzdem muss Rita sich eingestehen, dass die nicht viel Privates von Paul weiß. Das ist ihr bei der Trauerfeier bewusst geworden. Über seinen Geschmack in Richtung Musik wusste Rita nicht das Geringste. Auch kommen ihr jetzt so viele Dinge in den Sinn, über die sie zu Lebzeiten von Paul nie nachgedacht hat. Was war in Wismar sein bevorzugtestes Restaurant oder was zum Beispiel seine Lieblingsspeise oder sein Lieblingsgetränk? Warum zum Teufel wusste Rita all diese Dinge nicht, wo sie doch privat viel Zeit miteinander verbracht haben.

Kopfschüttelnd steht Rita auf und räumt die Kaffeetassen in die kleine Küche. Ihr grübeln bringt sie jetzt auch nicht weiter.

Nach dem Verlassen des Büros geht Rita nicht zum Parkplatz am Marienkirchplatz. Sie steuert zielgerichtet auf die Hegede zu und beschließt zum Hafen zu gehen. In der Krämerstraße ist ihr Blick in Richtung des Springbrunnens gerichtet, in dem die kleinen Kinder ihre Füße baden. Im Hintergrund sieht sie vor der Löwenapotheke die Gäste bei einem Kaffee oder Gläschen Wein in der Sonne sitzen. Sofort verspürt sie ein bisschen Neid. Warum kann ich nicht auch völlig sorgenfrei irgendwo bei einem Kaffee in der Sonne sitzen, statt mir Gedanken über den Tod von Paul zu machen.

Frustriert und mit ihren schlechten Gedanken kämpfend biegt Rita in die Breite Straße ein. Hier schlendern um diese Zeit viele Touristen entlang und Rita betrachtet die verschiedenen Personen. Das lenkt sie ein wenig ab. Der Anblick von den zufrieden blickenden Menschen lässt sie etwas entspannen. Nach ein paar Gehminuten ist sie schon am Ziegenmarkt und ihr Blick schweift über die Frische Grube Richtung Hafen. Als sie die Kaimauer erreicht hat, bleibt sie stehen, atmet die frische Ostseeluft tief ein und beobachtet die Möwen, die auf den Wellen im Wismarer Hafenbecken schaukeln.

Genau das ist es, was Rita an Wismar so sehr liebt. In nur ein paar Minuten Fußmarsch ist man vom Stadtzentrum am Hafen und kann diese Idylle genießen. Es hilft ihr, die trüben Gedanken zu vertreiben und an das Schöne im Leben zu denken.

Ihr Blick schweift über die ehemaligen Gebäude der damaligen Fischwirtschaft auf der gegenüberliegenden Seite des Hafenbeckens, wo sich heute eine gemütliche Kneipe befindet. Weiter die Kaimauer entlang sind Eigentumswohnungen entstanden, dann der freie Blick auf die Wismarbucht und rechter Hand kommt die neu entstandene Bummelmeile des Wismarer Hafens. Davor wippen die Kogge Wissemara und der

Lotsenschoner Atalanta auf den Wellen. Mit beiden ist Rita schon auf der Wismarbucht unterwegs gewesen.

Ihr Rundblick über den Hafen endet wieder an der Kaimauer, an der sie steht. Diese kurze Verschnaufpause und Ablenkung hat ihr gutgetan. Sie dreht sich um und geht am Kai entlang zur Kreuzung an der Fischerreihe.

Während sie hier auf das Grün der Fußgängerampel wartet, haftet ihr Blick auf der Häuserreihe Am Platz. Vor vielen Jahren wurde sie hier zu einer Zwangsräumung gerufen. In ihrer Funktion als Rechtsanwältin musste sie die Ordnungsmäßigkeit bescheinigen. Es war ein schrecklicher Moment für Rita. Zum Glück war es nur dieser eine Einsatz in so einer Sache.

Die Ampel steht auf Grün und sie geht mit all den anderen Menschen über die Straße. Gedankenverloren und ohne über den Weg nachzudenken, ist sie über die Neustadt und die Große Hohe Straße in null Komma nichts am Marienkirchplatz. Rita steigt in ihren Wagen und fährt nach Hause.

Kapitel 34

Als sie am nächsten Morgen im Büro eintrifft, ist Ingo bereits da. Mit ihrem kleinen Blumenstrauß in der Hand, den sie hinter ihrem Haus gepflückt hat, steht sie in der Tür und wünscht Ingo guten Morgen. Ihr fällt auf, dass er sehr müde wirkt. Während sie den Blumen Wasser gibt und die Vase auf den Tisch stellt, lässt sie Ingo nicht aus den Augen. Ihr fällt auf, dass er nicht nur Müde, sondern auch sehr aufgebracht wirkt. Rita setzt sich an ihren Schreibtisch und kommt gar nicht erst zu Wort.

„Nur damit du mir auch glaubst, dass da heute Nacht etwas passiert ist."

Wütend und völlig außer sich schmeißt er Rita ein paar Fotos über den Tisch. Den Fotos widmet sie erstmal keinen Blick.

„Du willst mir doch nicht etwa erzählen, dass du heute Nacht tatsächlich zu der Baustelle gefahren bist und dort gelauert hast, was da passiert?" Rita konnte es einfach nicht fassen.

„Doch. Das habe ich getan. Und wenn du dir mal die Fotos anschaust, dann wirst du wahrscheinlich froh sein, dass ich das getan habe."

Ingo war richtig sauer, Rita aber auch. Eigentlich hatte sie gar keine Lust, sich die Bilder anzusehen. Das entging Ingo nicht.

„Wenn du mal einen Blick darauf wirfst, dann kannst du dir überlegen, wen du anrufen willst. Die Leute vom BND oder deinen Kommissar Weber von der Kripo."

Rita war stinksauer über die Art, wie Ingo mit ihr heute sprach. So hat sie ihn noch nie erlebt. Immerhin ist sie die Chefin hier. Nur widerwillig zog sie sich die Fotos heran und warf einen Blick darauf. Ingo beobachtete jede ihrer Bewegungen sehr genau. Sie nahm die Fotos in die Hand und ihr wurde sofort bewusst, dass Ingos Aufregung gerechtfertigt war. Was sie da zu sehen bekam, war wirklich unglaublich.

„Und du bist dir sicher, dass dich niemand gesehen hat", versuchte Rita die Wogen zu glätten. Ingo wurde wieder etwas ruhiger und sah seine Chefin schon friedlicher an.

„Mich hat bestimmt niemand gesehen, da bin ich mir ganz sicher."

„Okay. Dann werde ich mal Kommissar Weber von der Kripo informieren. Der ist mir wesentlich sympathischer als die Typen vom BND. Mein, beziehungsweise unser Problem ist nur, wie wollen wir ihm klar machen, wo diese Fotos herkommen und warum wir sie gemacht haben?"

Rita betonte ganz gewusst *unser Problem* und *wir*, damit Ingo sich sicher sein konnte, dass Rita hinter ihm steht.

Jetzt schaute Ingo auch etwas belämmert aus der Wäsche, denn die Fotos belegten eindeutig, dass da ein menschlicher Körper, eingehüllt ein einer großen Folie, im Beton versenkt wurde. Beide sahen sich schweigend an. Ritas Stirn zeigte Sorgenfalten.

„Wann hast du die Aufnahmen gemacht? Vielleicht ist der Mensch da noch am Leben?"

Bei dem Gedanken daran wurde beiden Übel. Rita musste eine Entscheidung treffen, egal welche Konsequenzen das erstmal für sie hatte. Hier ging es um ein Menschenleben, was unter Umständen noch zu retten war. Sie griff nach der Visitenkarte von Kommissar Weber, die auf ihrem Schreibtisch lag und wählte seine Nummer. Nach ein paar Klingeltönen hörte sie seine Stimme und erklärte ihm kurz und knapp ihr Anliegen. Als Rita seine Antwort hörte, versteinerte sich ihr Blick. Sie legte völlig frustriert den Hörer auf und sah Ingo an.

„Ihm wurde der Fall entzogen. Ab sofort kümmert sich der Bundesnachrichtendienst um diese Angelegenheit. Er wurde verpflichtet, alle Informationen umgehend der Dienststelle des BND mitzuteilen, sofern er noch kontaktiert wird. Was er natürlich in diesem Fall auch sofort tun wird."

Ingo glaubte, nicht richtig zu hören. Noch bevor er etwas erwidern konnte, sprach Rita weiter.

„So. Nun reicht es mir aber auch. Wir fahren sofort zu der Baustelle. Jetzt will ich wissen, was das passiert ist."

So schnell waren Rita und Ingo noch nie an ihrem Wagen. Unter Einhaltung aller Verkehrsregeln fuhr sie so zügig wie möglich zu der Baustelle in Dammhusen. Auf dem letzten Stück wurden sie von zivilen Fahrzeugen mit Blaulicht überholt. Rita war sofort klar, wer da im Anmarsch war und das sie kaum Möglichkeiten hatte, Zugang zu den Ermittlungen zu bekommen. Dennoch fuhr sie weiter und parkte am Bauzaun, wo sie vor ein paar Tagen auch schon stand. Zügig gingen Rita und Ingo zu dem Bürocontainer, wo bereits eine kleine Menschengruppe stand. Als sie näher kamen, erkannte Rita sofort die Herren Wilhelm und Krüger wieder. Herr Wilhelm drehte ihr sofort den Rücken zu und verschwand in Richtung des Anbaus, an dem heute Nacht der Beton neu gemacht wurde und Herr Krüger kam wutentbrannt auf sie zu.

„Na sie haben mir hier gerade noch gefehlt. Erst schnüffeln sie überall herum und wecken schlafende Hunde und zu guter Letzt kriechen sie nachts noch hier auf der Baustelle rum und wir stehen mit unseren Ermittlungen wieder am Anfang. Das wird Konsequenzen für sie haben", noch bevor er sich umdrehen und wieder gehen konnte, konterte Rita.

„Ich wollte lediglich wissen, warum Herr Thomsen sich so penetrant für dieses Bauvorhaben interessiert hat und ob es mit seinem Tod

159

zusammenhängt. Mehr wollte ich nicht. Außerdem sollten sie uns dankbar sein, hier wurde heute Nacht ein Verbrechen verübt und unter Umständen ist dieser Mensch sogar noch am Leben."

Rita drehte sich um und ging mit Ingo im Schlepptau wortlos zu ihrem Wagen. Sie setzen sich hinein und beobachteten das Gewusel auf der Baustelle. Nach und nach trafen noch mehr Einsatzfahrzeuge der Polizei ein und auch zwei Krankenwagen.

„Solange der Leichenwagen noch nicht vorfährt, besteht die Hoffnung, dass die Person noch lebt." Rita hoffte so sehr, dass dies der Fall ist. Egal, was passiert ist, aber so einen Tod hat niemand verdient.

Wie lange Rita und Ingo so gesessen haben, konnten sie nicht mehr sagen. Nach einer gewissen Zeit fuhren die Rettungswagen vom Gelände der Baustelle. Es war leider offensichtlich, dass sie keine Person bei sich hatten.

„Verdammt", rutschte es Rita raus und sie schlug mit der Hand auf das Lenkrad. Ingo war ganz still neben ihr. Ihm ging das Bild nicht aus dem Kopf, als mehrere Männer in der vergangenen Nacht den leblosen Körper zu dem Fundament getragen haben. Es lief ihm immer noch ein kalter Schauer über den Rücken.

So langsam kam Bewegung in die kleine Menschengruppe vor dem Bürocontainer. Rita konnte deutlich erkennen, wie Krüger und Wilhelm heftig miteinander diskutierten. Sie blickten dabei immer wieder in Richtung von Ritas Wagen. Ihr war etwas mulmig bei dem Gedanken, ihnen später erklären zu müssen, wie die Bilder entstanden sind. Aber das half nun alles nichts. Die beiden Männer lösten sich jetzt von der Menschengruppe und kamen auf das Fahrzeug von Rita zu. Ingo sagte kein Ton. Es war ihm bewusst, dass er die Fotos nie hätte machen dürfen.

„Na dann wollen wir mal", versuchte Rita ihm und sich selber Mut zu machen. Sie stieg aus dem Wagen und ging ihnen entgegen.

Rita hatte sich schon auf alle möglichen Vorwürfe der beiden eingestellt. Sie war sehr verwundert, als Herr Krüger sie nur leise bat, ihm zu folgen.

„Kann Herr Jansen mich begleiten?"
Krüger nickte wortlos und Rita gab Ingo ein Zeichen, ihr zu folgen. Die drei warteten, bis Ingo bei ihnen war und gingen in Richtung Baustelle.

Den Bürocontainer ließen sie links liegen und folgten dem holprigen Weg vorbei an dem Hauptgebäude zu dem Anbau, welcher der Ort des Geschehens war. Rita wunderte sich, dass weder Herr Krüger noch Herr Wilhelm mit ihr sprachen. Sie hatte sich auf heftige Vorwürfe eingestellt, die offenbar ausblieben.

Je näher sie dem Anbau mit dem offenen Fundament kamen, desto langsamer wurden sie. Neben dem offenen Boden sah man schon von weitem die menschengroße Plastikfolie liegen. Daneben standen uniformierte Beamte und Rita nahm an, dass sie auf die Leute von der Spurensicherung warteten.

Ihre Gedanken kreisten um Paul Thomsen. Sollte das Geheimnis um seinen Tod tatsächlich dort vor ihr in diesem Plastiksack auf dem Beton liegen?

Sie standen jetzt direkt neben der leblosen Person, die sich auf dem Fußboden befand. Die Folie bedeckte den gesamten Körper. Es war jedoch zu erkennen, dass in Höhe des Kopfes die derbe Plastiktüte schon geöffnet gewesen ist.

Rita blickte auf die Stelle, wo sich der Kopf befinden musste, dann schaute sie Herrn Krüger an. Er nickte einem der uniformierten Beamten wortlos zu. Dieser bückte sich und legte den Kopf des Toten frei.

Krüger und Wilhelm hatten ihren Blick nach oben auf die Wolken gerichtet, Ingo sah wie versteinert auf das Gesicht des Toten und es schauderte ihn. Nur die uniformierten Beamten sahen, wie Rita in sich zusammensackte, und fingen sie auf, bevor sie neben dem Toten auf dem Beton aufschlagen konnte.

Kapitel 35

Nachdem die Beamten sie wieder aufgerichtet hatten, musste Rita sich übergeben. Sie wurde vorsichtig gefragt, ob sie einen Arzt benötigt. Rita verneinte es und gab Herrn Krüger zu verstehen, dass mit ihr alles in Ordnung ist. Ingo sah sie fragend an, woraufhin Rita nur mit dem Kopf schüttelte. Das Gesicht des Toten war inzwischen wieder mit der Folie bedeckt. Rita ging ein paar Schritte zur Seite und blickte Herrn Krüger an. Er folgte ihr und auch Ingo war sofort an ihrer Seite. Nur Herr Wilhelm stand abseits, was Rita jetzt, unter diesen Umständen, sehr gut nachvollziehen konnte. Aber mit ihm wollte sie später noch reden. Der erste Schreckmoment legte sich und ihre Herzfrequenz wurde langsam wieder normal. Sie standen jetzt ein paar Meter von dem Toten entfernt und Rita sah in das Gesicht von Herrn Krüger. Er räusperte sich und es war offensichtlich, dass ihm die Situation äußerst unangenehm war.

„Mein Beileid Frau Sommer. Ich hätte ihnen diesen Moment gerne erspart, aber sie haben ihn leider förmlich herausgefordert."

Ingo verstand kein Wort mehr. Wieso sprach der Typ Rita sein Beileid aus? Herr Krüger sprach weiter, was die Sache für Ingo nicht besser machte.

„Sein Name war Jan Winter." Rita schüttelte nur leicht den Kopf und jetzt konnte sie ihre Tränen nicht mehr unterdrücken. Auch wenn sie ihn so oft gehasst hat und sein Verschwinden damals nicht verstehen konnte, viel es ihr jetzt doch schwer, Georg Tod vor sich auf diesem Betonfußboden, eingewickelt in einer großen Plastikfolie so liegen zu sehen. Immerhin ist er der Vater ihrer Tochter und bis zu seinem Verschwinden führten sie eine gute Ehe.

„Herr Krüger, ich glaube, es ist an der Zeit, dass wir miteinander reden. Ich bitte sie, heute Nachmittag um vierzehn in mein Büro zu kommen. Bis dahin bin ich so weit in Ordnung, dass ich die Wahrheit vertrage."

Rita drehte sich um und verließ die Baustelle auf dem gleichen Weg, den sie gekommen war. Ingo folgte ihr stumm. Als sie am Wagen ankamen, fragte Ingo: „Soll ich lieber fahren?" Rita sah ihn dankbar an und nickte. Ingo wusste nicht so richtig, wie er gerade mit seiner Chefin umgehen sollte.

„Soll ich dich lieber gleich nach Hause fahren?" „Das ist eine gute Idee. Den Wagen kannst du in der Tiefgarage parken und ich komme heute Nachmittag mit dem Taxi zum Büro. Ich brauche jetzt etwas Zeit zum Nachdenken für mich."

Ingo verstand nicht, was los ist, traute sich aber auch nicht zu fragen. Ohne ein Wort zu sagen, fuhr er Rita nach Hause. Er hielt vor ihrem Haus, ließ den Motor laufen und sah sie von der Seite an. Ihr Blick war starr nach vorn gerichtet. Sie sprach mit leiser Stimme, ohne Ingo anzusehen.

„Der Tote ist Georg, mein Ex-Mann. Wir sehen uns heute Nachmittag im Büro."

Rita steigt aus und Ingo glaubt, sich verhört zu haben.

Kapitel 36

Rita liegt in der Badewanne und lauscht dem Knistern des Schaumes von dem Badezusatz. Immer wenn sie die Augen schließt, sieht sie das leblose Gesicht von Georg vor sich. Sie muss an Ute denken. Wie soll sie ihrer Tochter nur beibringen, dass ihr Vater ermordet wurde. Noch weiß Rita auch nicht warum und wie Paul darin verwickelt war. Aber all das wird für Ute bedeutungslos sein. Für sie steht nur fest, sie wird ihren Vater nie wieder sehen.

Bei dem Gedanken daran heult Rita hemmungslos. Sie kann damit anders umgehen als Ute. Sicherlich, ihn so zu sehen tut weh. Die näheren Umstände erfährt sie hoffentlich heute Nachmittag. Aber Ute, sie hatte sich so viel von dem Treffen mit ihrem Vater versprochen. Rita glaubt sogar, Ute hätte ihm alles verziehen, wenn er jetzt mit ihr in Kontakt geblieben wäre. Und nun ist alles vorbei. Sie weiß noch nicht, wie sie ihrer Tochter beibringen soll, dass ihr Vater tot ist. Von den Umständen wie, ganz zu schweigen. Darüber darf Rita im Moment auch nicht nachdenken, es zerreißt ihr das Herz.

Sie presst den Schwamm mit den Fingern zusammen und das warme Wasser läuft über ihre Brust. Immer wieder taucht sie den Schwamm in das

Badewasser, damit er sich vollsaugt und sie ihn ausdrücken kann. In dem wohl riechenden Badewasser verschwinden ihre salzigen Tränen. Nur das Beben ihrer Brüste deutet auf ihr Weinen hin. Jetzt drückt sie sich den Schwamm ins Gesicht, richtet sich auf und holt tief Luft. Ute braucht jetzt ihre Mutter mehr als je zuvor. Sie muss sich zusammenreißen.

Für Rita ist jetzt wichtig, die Wahrheit zu erfahren. Dann muss sie mit Ute sprechen und sie müssen gemeinsam mit der Situation fertig werden.

Rita greift nach dem Badehandtuch und trocknet sich ab. Das Bad hat ihr gutgetan. Sie hat wieder einen klaren Kopf.

In den Sachen vom Morgen hat sie sich nicht mehr wohl gefühlt. Komplett neu eingekleidet steht sie jetzt in der Küche mit einem Glas Wasser in der Hand. Sie schaut auf die Uhr, es ist kurz nach eins. Rita nimmt ihr Handy zur Hand und bestellt sich ein Taxi. Der freundliche Mann in der Taxizentrale sagt, dass es in zehn Minuten bei ihr ist.

Rita steht vor der Tür und genießt die laue Sommerluft. Vorsichtig blickt sie die Straße entlang, ob vielleicht ein verdächtiges Fahrzeug zu sehen ist. Ihr fällt nichts auf und sie entspannt sich wieder.

Als ein paar Minuten später das Taxi um die Ecke fährt, klingelt ihr Handy. Auf dem Display sieht sie die Nummer ihrer Tochter. Verdammt, denkt Rita. Sie sagt dem Fahrer beim Einsteigen, wo er hinfahren soll, und nimmt zeitgleich das Telefonat entgegen.

„Hallo Ute", Rita kann nicht weiter sprechen. Sie weiß, dass sie ihrer Tochter eigentlich jetzt schon alles erzählen müsste. Aber solange sie selber nicht voll im Bilde ist, möchte sie Ute nicht mit Halbwahrheiten beunruhigen.

„Hey Mama. Ich habe in den Nachrichten von einem Todesfall auf der Baustelle in Dammhusen gehört. Das ist doch die Sache, an der du wegen Paul dran bist. Ist bei dir alles in Ordnung oder hat das auch etwas mit euren Ermittlungen zu tun?"

Rita ist verzweifelt, will aber Ute unter keinen Umständen jetzt am Telefon etwas von dem Tod ihres Vaters erzählen. Das kann sie nur persönlich machen.

„Ja, leider hat es etwas mit Paul zu tun. Ich bin gerade unterwegs zu einem wichtigen Termin. Wenn ich da fertig bin, komme ich sofort zu dir, okay?"

„Ja. Mach das. Geht es dir wirklich gut?"
Rita musste lächeln. Ute merkte ihr bestimmt an, dass etwas nicht in Ordnung ist.

„Na klar. Alles ist gut. Wir sehen uns nachher."
Nichts war gut, und das wusste Rita sehr genau. Sie hasste es, Ute nicht gleich alles erzählen zu können. Aber am Telefon war es ihr einfach nicht möglich.

Die Fahrt vom Schwanenweg in die Dankwartstraße dauerte nicht lange und in null Komma nichts stieg Rita vor ihrem Büro aus. Sie fühlte sich gut und war innerlich auf das Schlimmste vorbereitet, was auch immer da im Zusammenhang mit Georg auf sie zukommen sollte.

Ingo saß zerknirscht an seinem Schreibtisch und hob nur kurz den Kopf, als Rita eintrat.

„Was ist los?" Rita sah ihn fragend an. Er konnte ihrem Blick nicht standhalten und war sehr verunsichert.

„Ich habe ein schlechtes Gewissen und das belastet mich."

Rita zog erstaunt die Augenbrauen hoch.

„Warum?"

„Durch meinen Besuch auf der Baustelle habe ich da etwas ins Rollen gebracht, was ich so bestimmt nicht wollte. Es tut mir leid. Ich möchte mich hiermit in aller Form bei dir entschuldigen. Wäre ich nicht gewesen, hättest du nicht deinen Ex-Mann dort liegen sehen müssen."

Ingo schien ziemlich fertig zu sein. Rita lächelte ihn an und drückte ihm freundschaftlich die Schulter.

„Du musst kein schlechtes Gewissen haben. Unter Umständen wäre Georg für immer verschwunden gewesen, was ja offenbar auch so geplant war. Warum, das werden wir in ein paar Minuten erfahren. Und was das alles mit Paul zu tun hat, erfahren wir hoffentlich auch."

Rita seufzte leise. Sie sah auf ihre Uhr. Es war kurz vor zwei und fast zeitgleich klopfte es an der Tür. Sie lächelte und nickte Ingo aufmunternd zu.

Kapitel 37

Das Ingo ein schlechtes Gewissen hatte, konnte er nicht verbergen. Weder Krüger und Wilhelm, die den Raum betraten noch Rita, wollte er anschauen. Sein Blick war nur geradeaus auf den Bildschirm seines Computers gerichtet.

Rita dagegen wirkte auf ihn wie immer, obwohl sie vormittags beim Anblick ihres Ex-Mannes zusammengebrochen ist, was Ingo durchaus verstehen konnte.

Wortlos setzten sich Herr Krüger und Herr Wilhelm an den Tisch. Auch Rita schwieg bisher. Die Situation wirkte sehr beklemmend. Alle vier sahen sich unschlüssig an. Es schien so, als ob jeder von ihnen auf seine Art ein schlechtes Gewissen hatte. Was ja irgendwo auch verständlich war. Schließlich räusperte Rita sich.

„Darf ich ihnen einen Kaffee oder ein Wasser anbieten?"

„Ein Wasser wäre nicht schlecht", erwiderte Krüger. Herr Wilhelm sagte keinen Ton. Rita tat auch so, als wäre er Luft für sie. Nach der Drohung von ihm während sie am Markt gesessen hat und ihrem Wiedersehen hier im Büro, haben beide kein Wort miteinander gewechselt.

Rita stellte beiden ein Glas Wasser hin und setzte sich. Ihr Blick viel auf die Blumen in der Vase, die sie am Morgen mitgebracht hatte. Sie musste ein wenig lächeln. Da war die Welt für sie noch in Ordnung.

Völlig entgegen dem, was Rita erwartet hatte, begann Herr Wilhelm mit Reden.

„Wir wollen ihnen nochmals unser aufrichtiges Beileid aussprechen. Leider konnten wir ihren geschiedenen Mann nicht vollständig schützen. Da er eigenständig den Entschluss gefasst hatte, nach Deutschland zurückzukehren, waren wir nicht mehr imstande, für seine Sicherheit zu sorgen."

Rita tat jetzt genau das, was sie sich schon zu Hause in der Badewanne vorgenommen hatte. Egal, was sie zu hören bekommt, wollte sie einfach nur gefasst reagieren und letzt endlich die Wahrheit über Paul Thomsen und ihren Ex-Mann erfahren. Beide sind Tod und nichts macht sie wieder lebendig.

„Danke für ihr Beileid. Aber ansonsten kann ich ihnen nicht folgen. Was heißt nach Deutschland zurückkehren und für seine Sicherheit sorgen?"

Rita sah ihn fragend an. Diesmal war es Krüger, der sich räusperte und mit sprechen begann.

„Das es bei dieser ganzen Geschichte immer um Knut Peters ging, ist ihnen ja sicherlich nicht entgangen."

Rita nickte ihm zu. Es war ihm anzusehen, dass er sich schwer damit tat, Rita alles zu erzählen.

„Ihr Ex-Mann arbeitete seinerzeit im Bauplanungsbüro Förster."

Rita erinnerte sich daran, hatte aber seit damals von dem Büro auch nichts mehr gehört.

„Unsere Abteilung, das heißt der Bundesnachrichtendienst, war damals an Knut Peters interessiert. Er wurde schon über Interpol observiert und es waren verschiedene Staaten daran interessiert, ihn unschädlich zu machen. Als er damals auch über ein paar Hintermänner hier in Wismar aktiv wurde, kam das Bauplanungsbüro Förster ins Spiel. Er hatte dort ein paar Bauvorhaben geplant und wir wollten ihn damit überführen."

Krüger machte eine kurze Pause und grübelte, bevor er weiter sprach.

„Wir haben damals mit ihrem Ex-Mann, Georg Sommer, kontakt aufgenommen. Er war bereit, uns Informationen über Herrn Peters zukommen zu lassen. Von da an wussten wir über alle Aktivitäten Bescheid, die Knut Peters hier in Wismar unternahm und teilweise auch bei anderen Bauvorhaben, in die das Bauplanungsbüro Förster Einblick hatte."

Rita hielt ihre Hände unter dem Tisch und drückte die Handflächen gegeneinander. Mehr konnte sie im Moment nicht tun, um ihre Anspannung abzubauen.

„Kurz vor der erhofften Verhaftung von Knut Peters kam das Gerücht auf, das ein Informant für beide Seite arbeitet und doppelt, abkassiert."

Hier wurde Rita hellhörig.

„Das heißt, er hat für seine, ja wie soll ich es

nennen, Spionagetätigkeit bei euch Geld bekommen?"

Herr Krüger reagierte nicht auf ihre Frage und fuhr einfach fort.

„Da der Informant, in diesem Fall ihr Ex-Mann, offenbar in Gefahr war, mussten wir etwas unternehmen. Wenn sich jemand mit Knut Peters anlegt, dann ist er Tod. Das mussten wir damals verhindern. Ob es wirklich stimmte, dass er doppelt abkassiert hat, das wissen wir bis heute nicht. Zu dem damaligen Zeitpunkt mussten wir ihn in Sicherheit bringen. Dazu brauchten wir einen Rechtsanwalt, auf den wir uns zu hundert Prozent verlassen konnten."

Als er das sagte, musste Rita sofort an Paul denken. Herr Krüger schien ihre Gedanken lesen zu können und nickte ihr zu.

„Genau. Wir kamen auf Paul Thomsen. Er war bereit, uns bei dem Zeugenschutzprogramm zu unterstützen und alles für unseren Mandanten zu tun. Mittlerweile war damals die Situation so dramatisch, dass die Leute um Knut Peters herum damit drohten, die gesamte Familie des Informanten auszulöschen. Damit wollten sie ihn erpressen und zum Aufgeben bewegen."

Rita saß wie versteinert da und traute ihren Ohren kaum.

„Da Knut Peters für seine Brutalität bekannt ist, zweifelten wir nicht einen Moment daran, dass er seine Drohungen auch wahr machen würde. Wir sprachen mit Georg und kamen überein, dass er sich in ein Zeugenschutzprogramm begibt und nach Thailand geht."

Krüger machte hier eine Pause und sah Rita traurig an.

„Das hieß damals natürlich, sofortige Trennung von Frau und Kind und allem, was hier in Deutschland für ihn wichtig war."

Er machte wieder eine Pause und beobachtete, wie Rita reagierte.

„Paul hat uns damals vor Gericht den Weg für das Zeugenschutzprogramm geebnet. Ihm ist es zu verdanken, dass Georg, alias Jan Winter, so lange unbehelligt leben konnte."

Rita war völlig verwirrt von dem, was sie hier zu hören bekam.

„Das heißt, mein geschiedener Mann hat damals für den BND gearbeitet. – Angeblich – hat er für beide Seiten herumgepfuscht und musste von der Bildfläche verschwinden, weil ansonsten meine Tochter und ich", Rita machte eine kurze Pause, „vorsichtig ausgedrückt, eines unnatürlichen Todes gestorben wären?"

Krüger saß etwas unruhig auf dem Stuhl vor Rita, aber es blieb ihm nichts weiter übrig, als ihrer Schlussfolgerung recht zu geben.

„Ja. Es wurde damals massiver Druck auf ihn ausgeübt und er hatte Angst um seine Familie."

Nun wurde es Rita doch zu viel. Sie stand auf und verschwand in der Pantry Küche. Als die Tür hinter ihr ins Schloss fiel, sah Ingo die beiden Männer an.

Auch Krüger und Wilhelm wechselten einen Blick. Sie wirkten verbittert.

Ingo hätte sie am liebsten rausgeschmissen, aber das stand ihm nicht zu. Jetzt ging es darum, dass Rita die ganze Wahrheit erfuhr.

Nach kurzer Zeit kam Rita wieder aus der Küche und setzte sich. Sie zog eine Mappe zu sich, die neben ihr auf dem Schreibtisch lag und holte ein Blatt Papier raus. Es war der Ausdruck der Mail, die Frau Neumann ihr gegeben hatte. Rita las sich die Nachricht abermals durch, die jetzt eine ganz andere Bedeutung für sie bekam.

Hallo Paul,
ich kann mein Versprechen nicht einhalten.
Ich komme zurück nach Deutschland.
Es tut mir leid, aber ich möchte meine
Familie wieder sehen.

J.W. / G.S.

Sie schob das Blatt in Richtung Krüger.

„Die Initialen bedeuten also Jan Winter / Georg Sommer, richtig?"

Krüger nickte nur stumm und sagte nichts.

„Was ist mit dem Tod von Paul Thomsen. Geht der auch auf das Konto von Knut Peters?"

Krüger schüttelte den Kopf.

„Nein. Paul hat tatsächlich Selbstmord begangen. Es war für uns genauso ein Schock wie für Sie. Er hat seiner Frau einen Abschiedsbrief hinterlassen. Sie wusste von all dem, was damals gelaufen ist."

Er machte eine kurze Pause, bevor er weiter sprach.

„Zu dem damaligen Zeitpunkt konnte niemand ahnen, dass Sie und Paul jemals so eine intensive Zusammenarbeit haben würden. Bis zu dem Zeitpunkt als Georg beschloss, wieder nach Deutschland zu kommen, war für Paul alles in Ordnung. Dann wurde für ihn alles anders. Wäre es Georg gelungen, unbehelligt hierher zu kommen, dann hätten Sie erfahren, was damals passiert ist und davor hatte Paul Angst. Er hätte ihnen so nicht mehr in die Augen sehen können."

Rita konnte nicht glauben, dass Magda alles wusste und ihr nichts erzählt hat. Das erklärt natürlich das Verhalten, was Magda ihr gegenüber gezeigt hat. Rita ist wütend auf Magda.

„Wie kam es dazu, dass Knut Peters zweimal im Büro bei Paul aufgekreuzt ist. Sie haben immer miteinander gestritten."

Herr Krüger zögerte mit der Antwort, was Rita nicht entging.

„Knut Peters ist es nicht entgangen, dass in den letzten Monaten die Ermittlungen gegen ihn auf Hochtouren liefen. Als er davon Kenntnis bekam, dass Georg alias Jan Winter wieder nach

Deutschland kommen wollte, hat er den Kontakt zu Paul Thomsen gesucht. Er bot ihm viel Geld, damit er ihren Ex-Mann verriet, für den Fall, das er ihm nicht habhaft werden konnte. Leider hat er ihn, wie wir ja wissen, am Flughafen in Hamburg erwischt."

Kein Wunder, das Paul nach den Besuchen von Knut Peters immer so aufgebracht war.

„Und Paul, hat er das Geld angenommen?", wollte Rita jetzt wissen.

Herr Krüger und Herr Wilhelm tauschten ihre Blicke aus, dann antwortete Krüger wieder.

„Nein. Paul Thomsen hat an die Gerechtigkeit geglaubt. Er hätte ihren Mann nie verraten."

Rita wusste nicht, ob sie ihm das jetzt glauben sollte.

„Was ist mit Knut Peters. Ist er noch in Wismar und konnten sie ihn festnehmen?"

Krüger schüttelte frustriert den Kopf.

„Er ist auf der Flucht. Die Fahndung läuft. Wahrschlich setzt er sich ins Ausland ab, dann haben wir keine Chance, mehr ihn zu kriegen. Im ungünstigsten Fall ist das bereits passiert."

Das sah Rita nicht anders. Viel mehr gab es zu der Sache nicht zu sagen. Ritas Gesichtszüge verdüsterten sich, als sie noch eine letzte Frage stellte.

„Können sie mir schon sagen, wie er ums leben gekommen ist?"

„Nein, das wissen wir erst nach Obduktion. Laut der Ärztin sind keine äußeren Gewaltanwendungen erkennbar, mehr konnte sie noch nicht sagen."

„Danke."

Kapitel 38

Vom Büro aus ging Rita sofort zu Ute. Gefühlt hat sie stundenlang ihr weinendes Kind in den Armen gehalten. Ute war fassungslos, genau wie Rita auch. Nun mussten sie mit der Gewissheit leben, dass Georg nicht mehr am Leben war und versuchen, seine Vergangenheit zu begreifen.

Rita vergewisserte sich, dass sie Ute in diesem Zustand allein lassen konnte, und ging zu ihrem Auto. Sie musste unbedingt noch mit Magda reden.

Als sie in die Einfahrt von Magdas Grundstück fuhr, wusste Rita, dass es das letzte Mal sein würde. Sie klingelte und Magda erschien an der Tür. Ohne ein Wort zu sagen, ging sie wieder ins Haus und Rita folgte ihr. Die Nähe von Magda war ihr unheimlich. Erst als sie den Wintergarten erreicht hatten, drehte Magda sich um und sah Rita an.

„Was willst du?"

Die kälte in ihrer Stimme war nicht zu überhören.

„Der Tote auf der Baustelle in Dammhusen war Georg."

Rita beobachtete Magda ganz genau, die aber keine Regung zeigte.

„Du hast die ganze Zeit über gewusst, was damals mit Georg passiert ist und das Paul deshalb nicht mehr leben wollte."

Rita hatte Mühe, ihre Stimme unter Kontrolle zu halten.

„Was hätte ich denn tun sollen", fauchte Magda sie an. „Ich musste Paul versprechen, nie etwas über diese Sache zu erzählen, niemandem, verstehst du das?"

Natürlich verstand Rita das, aber wütend war sie trotzdem. Da Magda ihr keinen Platz angeboten hatte, standen sich beide Frauen gegenüber. Sie beäugten sich wachsam und wussten, sie würden sich nie mehr sehen wollen.

„Verschwinde aus meinem Haus. Ich kann deinen Anblick nicht mehr ertragen. Du und dein verdorbener Mann, ihr bringt nur Elend und Leid."

Rita schnappte nach Luft und konnte nichts sagen. Die Worte von Magda hatten sie hart getroffen. Ihre Brust bebte vor innerer Erregung und Rita kämpfte gegen die Tränen an, die in ihr aufstiegen. Sie drehte sich um und wollte gehen. Plötzlich blieb sie ruckartig stehen und ballte die Hände zur Faust. Langsam, fast wie in Zeitlupe, drehte Rita sich wieder zu Magda um. Magda hatte vor Angst die Augen weit aufgerissen und starrte Rita an.

„Du und Paul, ihr seid nicht besser. Ich habe von dem, was Georg damals gemacht hat, nichts gewusst. Aber ihr, ihr habt wissentlich mit dem Bundesnachrichtendienst gemeinsame Sache gemacht. Was ist für euch dabei rausgesprungen? Haben sie euch Geld geboten, oder vielleicht dieses schicke Haus vermittelt? Na los, sag schon, hat es sich wenigstens gelohnt, dieses Opfer auf sich zu nehmen."

Rita war selber entsetzt über die Worte, die sie da gerade ausgesprochen hatte. Aber das war jetzt auch egal. Magda waren alle Gesichtszüge entglitten und sie starrte Rita an.

Ohne noch etwas zu sagen, verließ Rita das Haus und fuhr nach Hause.

Kapitel 39

Rita parkte ihren grauen Volvo wieder auf dem Parkplatz am Friedhof, wo sie damals schon zu der Trauerfeier von Paul stand. Diesmal ging sie nicht den Weg zu der großen Trauerhalle hoch. Da kaum Trauergäste kommen würden, hat sie den kleinen Trauerraum neben dem Blumenladen genommen. Auch die Rede wird nur kurz sein, da es für Rita nicht mehr viel gibt, was da über Georg zu sagen wäre.

In der rechten Hand hält sie, genau wie damals bei Paul, eine rote Rose mit schwarzer Schleife. Vor dem Eingang wartet Ute auf sie. Auch Ingo ist schon da und hält sich dezent im Hintergrund. Ein paar Meter entfernt sieht Rita die Herren Krüger und Wilhelm stehen. Sie geht zu ihnen und begrüßt sie.

„Hallo, danke das sie gekommen sind. Ich wollte sie noch etwas fragen."

Herr Krüger nickte ihr zu und wartete auf die Frage.

„Können sie mir jetzt schon etwas zur Todesursache sagen?"

Rita fiel auf, dass sich beide ansahen und ihr die Antwort wohl ersparen wollten.

„Sie können offen mit mir reden. Ich werde es verkraften."

Gespannt schaute sie beide an. Herr Wilhelm räusperte sich.

„Laut Obduktionsbericht ist er erstickt. Sein Körper enthielt eine hohe Dosis Betäubungsmittel. Der Tod ist vermutlich in dem Plastiksack eingetreten, wobei man nicht mehr feststellen konnte, ob er zu diesem Zeitpunkt bei Bewusstsein war oder nicht."

Der Gedanke daran, dass Georg unter Umständen bei vollem Bewusstsein war und auf seinen Tod wartete, schnürte Rita nun doch den Hals zu.

„Danke."

Sie drehte sich um und ging zu Ute.

Beim Betreten der kleinen Trauerhalle schauderte es Rita. Die Urne stand vorne links, umrahmt von roten Blumen und einem schwarzen Band. Ihre Rose legte sie vor die Urne, blieb kurz stehen und setzte sich neben Ute in die vordere Reihe. Die Trauerrede war nur kurz. Eigentlich wollte Rita gar keine Rede haben, hat sich dann aber doch anders entschieden.

Während die Rednerin den mit ihr abgestimmten Text verlas, spürte Rita Verbitterung. Ute schluchzte neben ihr und Rita wusste, es würde lange dauern, bis sie das alles verarbeitet haben.

DANKSAGUNG

Mein besonderer Dank gilt vor allem, meinem Ehemann, der mir durch sein Verständnis und seine Geduld immer die Zeit zum Schreiben verschafft hat. Er ist auch ein kritischer Probeleser meines Manuskripts und hat mich mit seinen Ideen und Anregungen sehr bei der Vollendung des Buches unterstützt.

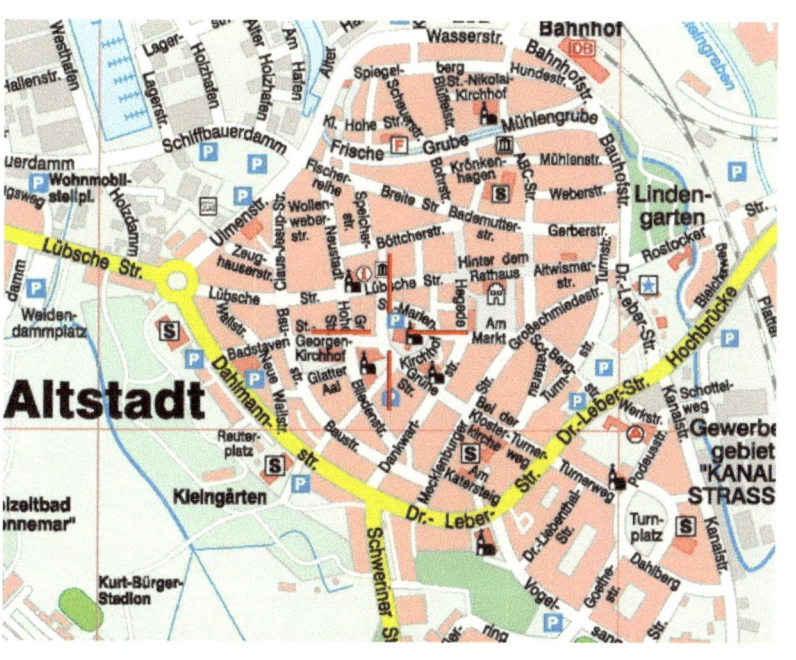